시문학으로 읽는
식민지 시대

모던걸 모던보이의 경성 인문학

김남규 지음

KB066470

김남규

1982년 천안에서 태어나 2008년 조선일보 신춘문예 시조부문에 당선되었고 고려대에서 문학박사학위를 받았다. 가람시조문학상 신인상, 가람이병기 학술논문상 등을 수상했고, 시집 『밤만 사는 당신』 외, 연구서 『한국 근대시의 정형률 연구』, 현대시조입문서 『오늘부터 쓰시조』, 평론집 『리듬은 존재 저편으로』, 문장작법서 『글쓰기 파내려가기』, 『한 권으로 끝내는 서평과 논문』, 인문학서 『모던걸 모던보이의 경성 인문학』 등을 발간하였다. 현재 출판사 고요아침의 편집장으로 일하면서 고려대, 경기대에서 강의하고 있다.

knk1231@naver.com

시 문 학 으 로 읽 는 식 민 지 시 대

모던걸 모던보이의 경성 인문학

김남규 지음

이러고 다녀야 배우인줄 알아주니
배우 노릇하기도 한 벌 고생이 아니야.
아이고 사이상보다도 내가 더 고생이지요.
작은 구두 신고 궁둥이 짓을 하노라니
발목이 견디어 나야지.

연인M&B

　대학원에서 문학을 전공하고 시인으로 살면서 늘 시의 쓸모 혹은 가능성을 고민하였다. 물론 예술과 문학이 반드시 쓸모를 갖출 필요는 없으며 그 자체로도 의미가 있다고 배웠고, 또 그렇게 믿고 있다. 문학에 적(籍)으로 두고 있는 연구자 혹은 작가에게 문학은 세계와 소통하는 방법이자 언어이므로, 그 가치를 수량화하는 것은 불가능할 것이다. 적어도 나에게 무한한 문학의 공간은 무척 매력적이었으며, 문학에 내 인생을 걸어도 좋을 것 같다는 무모함을 가능하게 했다.

　그러나 문학의 기쁨이 모두에게는 해당하지 않을 것이며, 모두가 느낄 필요도 없다. 다만, 문학의 기쁨이 무엇인지는 타인에게 소개해주거나 추천해주고 싶다. 진짜 좋으니까! 물론 여전히 공부는 매우 부족하기에 때와 장소, 대상을 가리지 않고 공부와 강의를 이어가고 있다.

　문학을 공부하면서 식민지 시대의 주옥같은 시를 만나게 되었다. 아무도 모르는 비밀을 알아챈 것처럼 희열을 느낄 때가 있었고, 어떻게든 이 시를 타인에게 꼭 소개하고 싶다는 욕망이 강하게 솟구칠 때도 있었다. 그러나 그렇다고 해서 무턱대고 시를 소개하는 것은 그다지 효율적이지 않을 것 같다고 생각했다. 고심 끝에 당시의 시대 상황과 문화를 시문학과 함께 소개하면 어떨까 하는 생각이 들었다. 그 가운데 연인M&B의 신현운 대표님과의 인연으로 2016년 봄호부터 계간 『연인』에 「키워드로 읽는 식민지 시대의 인문학」이라는 글을 연재하게 되었다.

원고 마감날을 지킨 적이 거의 없었고, 중간중간 연재를 펑크낸 적도 많아 죄송할 따름이다. 그럼에도 이렇게 한 권의 책으로 묶어낼 수 있을 만큼 글이 쌓일 수 있게 되었으니, 신현운 대표님께 다시 한번 고개 숙여 감사드린다.

피폐한 식민지 현실이 압도하던 그때나 디지털 정보혁명이 압도하고 있는 지금이나 사람살이는 똑같고, 삶의 슬픔과 기쁨도 여전하다. 문학이 그때와 지금을 하나로 묶어줄 것이다.

16개의 키워드, 7명의 시인을 통해 모던걸, 모던보이가 거리를 활보하던 경성으로 당신을 초대한다.

2022년 4월
김남규

| 차례 |

판매 부수와 관계없이 『소년』의 의미는 각별했다.

"이 조그마한 잡지는 그때에 있어서는 일종의 경전과 같이 애독이라는 것보다 존경을 받았다."

신문관과 『소년』은 '1인 출판'의 원조격이라 할 수 있는데, 최남선의 증언처럼 "스스로가 기자며 식자공이며, 손으로 기계를 돌리는 인쇄직공이기도 했"다.

『소년』 창간호

잔지

잔남선, 조선 계몽을 위해 쾨로의 잔지를 발간하다

잡지

최남선, 조선 계몽을 위해 최초의 잡지를 발간하다

특이하게도, 한국은 일본이라는 제국의 식민지 기간 동안 '최단시간'에 근대화를 경험했다. 이에 따라 일제의 도움으로 한국의 근대화가 이뤄진 것(식민지 근대화론)인지, 일제의 수탈 때문에 발전을 방해받은 것(식민지 수탈론)인지 '여전히' 논의가 분분(紛紛)하다. 그러나 우리는 근대화 과정 중에 선구자 역할을 감당했던 '식민지 지식인'의 변절에 큰 배신감을 느끼

최남선(1890~1957)

며, 그들의 업적을 '몰수(沒收)'해 버리는 것에는 관대하다. 반면에 친일을 했던 인물들을 '바로' 평가하는 것에는 큰 두려움을 느낀다. 사회적 분위기가 형성되지 않았다는 이유에서 그렇다. 이 모든 문제가 난해하고 처치 곤란한 숙제처럼 계속 미뤄지고 있다.

친일을 했던 인물들과 그 후손들은 일제 말기 어쩔 수 없었던 선택이었다는 상황 논리로 변명과 옹호를 하지만, 그것은 역사의 오류를 되풀이하는 것에 지나지 않는다. 그러나 역으로 친일 행위만 비난함으로써 마치 역사의 진실을 밝혔다는 듯이 만족하는 것도 옳

지 않다. 중요한 것은 그들이 살았던 시대를 이해하고 역사와 개인과의 관계에 대해 깊이 성찰하는 것이지, 좌우 진영의 논리로 그들을 '인정'하거나 '처벌'하는 것이 아니다. 그것은 비단 20세기 전반기라는 역사의 단면만 살펴보는 것이 아니다. 식민지 시대의 재조명을 통해 현재와의 연속성이 창조되고, 이를 통해 역사의 오류를 반복하지 않기 위해서인 동시에, 앞으로 전개될 역사의 '올바른' 방향을 사유하기 위함이다.

그와 같은 식민지 시대에 최남선(崔南善, 1890~1957)은 그 중심에 있다. 그는 열강의 제국주의 침략이 '문명 개화'라는 이름으로 서구적 근대화를 강요받던 시기에 일본을 통해 사상적 세례를 받은 1세대 신지식층이었다. 그는 일본 유학을 통해 배운 신식 문화를 토대로 단군신화를 비롯한 국학 연구의 선구자이며, 근대적인 자유시를 촉발(「해에게서 소년에게」(1908))시켰고, 일본의 앞선 출판인쇄술을 도입하여 근대 출판의 선구자 역할을 자임하였다. 소설가 유진오의 말처럼 "그는 동시대인으로부터 너무 앞서 있었기에, 그의 주위는 사면이 모두 처녀지였기에, 그의 일거수일투족은 모두 신기한 것이었기에, 시대는 그에게 '무슨 하나'가 되는 것보다도 '모든 무엇'이 되기를 요구"[1]했다.

이에 따라 몇 가지 키워드를 통해 최남선을 비롯한 식민지 시인들의 작품과 행적 그리고 당시의 문화를 추적해 보고자 한다. 물론, 이 작업은 최남선을 비롯한 식민지 지식인들을 옹호하거나 비판하려는 목적보다는, 그들을 둘러싼 시대 전체를 조망할 것이다. 그리고 다시 돌아와 우리의 지금 여기를 사유하는데 가장 큰 목적을 두

---

1) 홍일식, 『육당연구』, 일신사, 1959, 3쪽.

고 있다. 우리가 잘 아는 E. H. Carr의 말처럼 "역사란 역사가와 사실들 간 계속되는 상호작용의 과정이며, 현재와 과거 사이의 끊임없는 대화"라 할 때, 식민지 그들과 우리는 동시대인으로 사는 것이나 다름없다.

제번(除煩)하고, 이번 장의 키워드는 '잡지(雜誌)'다. 지금 우리가 자주 접하고 있는 '잡지' 말이다.

1. 잡지의 시초

본격적으로 최남선을 살펴보기 전에 먼저, 한국 잡지의 시초를 향해 거슬러 올라가보자. 한국은 개항(開港, 1876) 이후 개화기(開化期)를 맞이하면서 정부와 지식인들은 국민을 교육하기 위해 학교를 건립하기 시작했고, 1883년 최초의 근대식 인쇄소인 박문국(博文局)이 정부 주도(통리아문)로 지어졌다. 일본에서 직접 기계를 들여와 대량 생산이 가능했고, 한국 최초의 근대 신문인 『한성순보』가 간행되었다. 곧이어 1896년 민간인이 독자적으로 『독립신문』을 발행하기 시작했고, 비로소 잡지 및 동인지의 시대가 도래하였다. 신문이 대중적인 의미를 담고 불특정 다수를 독자로 상정했다면, 잡지와 동인지는 공통의 관심사를 지닌 특정 집단을 상정하였으며 전문적인 '문필가'의 출현을 가능하게 하였다.

1892년 기독교 선교사들에 의해 창간된 『Korean Repository』는 한국 최초로 발행된 발간물이었으나, 독자층이 주로 외국인 선교사였으며 영어 잡지였다는 점에서 한국 최초의 잡지로 보긴 어렵다. 이후에도 독립협회가 발간한 『대죠선독립협회회보』(1896), 일본 유학생들이 발간한 『대죠선일본유학생회』(1896), 『죠션크리스도인회보』(1897), 『협성회회보』(1898), 『경향잡지』(1906) 등이 여러 단체를 통해 발간되었으나, 매우 특정한 집단의 '회보(會報)'성격에 가까워 완벽한 잡지의 모습을 갖췄다고 보기 어렵다. 따라서 현재 한국 민간인이 독립된 인쇄소를 통해 우리말로 발행한 최초의 근대 종합 잡지라고 평가되는 것은 바로 최남선이 1908년 신문관에서 발행한 『소년(少年)』이다. 『소년』의 창간일이 11월 1일인데, 이날을 현재까지 '잡지의 날'로 기리고 있다는 점에서 그 의미가 남다르다.

　『소년』이 발간되기 전에도 여러 잡지가 출간되었지만, 종합지로서의 성격보다는 정부 주도나 특정 단체를 염두에 둔 기관지 혹은 회보에 불과했다. 1905년 12월 5일 자로 창간된 『수리학잡지(數理學雜誌)』나 1906년 11월 1일 자로 창간된 『소년한반도(少年韓半島)』 등이 그러하다.

2. 신문관과 『소년』

　최남선은 일본 유학 중 1908년 6월 일본의 인쇄소 〈슈에이샤(集英社)〉의 최신식 인쇄 시설과 인쇄 기술자 5명과 함께 조선땅으로 돌아왔다. 그는 귀국하자마자 서울 상리동(上梨洞, 현재 중구 을지로 2가)에 있는 본가 건너편에 집을 얻어 위층은 편집실로, 아래층에는 인쇄소 '신문관(新文館)'을 차렸다. 서울 이동(梨洞, 현재 중구 장교동)에서 한약방을 경영하며, 동시에 학부 관할의 관상감 기사로 근무하는 부친 최헌규의 전폭적인 지원이 있었기에 가능했다. 그때 최남선의 나이가 겨우 열아홉이었다.

신문관에서 처음 출판된 인쇄물은 창가『경부텰도노래(京釜鐵道歌)』 (1908년 3월 20일, 10전)였는데, 조연현 평론가에 따르면 최남선이 일본 유학 시 일본에서 기차 개통에 대한 노래가 많이 유행하고 있는 것을 보고 지었다[2]고 한다. 발행 부수와 판매 부수는 정확히 알려지지 않았지만, 한 달 만에 재판을 찍었다고 전한다.[3]

우렁탸게 토하난 긔뎍(汽笛) 소리에
남대문을 등디고 써나 나가서
쌜리 부난 바람의 형세 갓흐니
날개 가딘 새라도 못 짜르겠네.

늙은이와 ᄅᆞᆷ은이 셕겨 안졋고
우리네와 외국인 갓티 탓스나
내외 틴소(親疏) 다갓티 익히 디내니
됴고마한 ᄯᆞᆫ 세상 멸노 일윗네.

ㅡ「경부텰도노래」 1, 2연

『경부텰도노래』 책표지

그리고 두 번째로 신문관에서 발간된 인쇄물이 바로 잡지『소년』 (A5판 84면, 14전)이다. 최남선이 일본 유학 시절 유학생 단체에서 발행하는 잡지『대한유학생회학보』(1906)의 제작과 편집에 참여했는데, 그 경험이『소년』간행의 토대가 된 것이다. 그러나 이미 1903년 일본에서는 최남선이 한국에서 발행한 잡지와 이름이 똑같은 잡지『소년(少年)』이 발행되었다. 일본에서는 메이지시대부터『소년』,『소년세계』

2) 조연현,『한국현대문학사』, 성문각, 1982, 45쪽.
3) 박천홍,「근대 출판의 선구자 육당 최남선」,『문학과사회』20, 2007. 8, 415쪽.

등 청소년을 대상으로 한 잡지들이 큰 인기를 끌었고[4], 이를 몸소 보고 느낀 최남선이 한국에 돌아와 청소년들을 계몽하기 위한 목적으로 출판활동을 시작한 것으로 보인다. 그는 일본에서 출간된 잡지의 스타일을 차용하거나, 일본에서 출간된 서양 번역서를 재번역하여 『소년』에 게재하기도 하였다.

「소년」 창간호   일본 「소년」   일본 「소년세계」

최남선의 『소년』은 잡지 사상 처음으로 삽화와 원색 화보까지 곁들인 참신한 편집 기법을 선보였다. 아마 일본 잡지의 영향이었을 것이다. 삽화는 당대 최고의 화가였던 심전(心田) 안중식(安中植, 1861~1919)이 그렸고, 최남선의 신시(신체시) 「海에게서 少年에게」가 수록되었으며, '소년문단'이라는 투고란을 마련하였다. 『소년』의 발행 부수는 대략 2,000부 안팎이었는데, 1908년 당시 최고의 발행 부수를 기록하던 『대한매일신보』 국문판과 한글판 모두 합쳐 8,000부 가량이었고, 『황성신문』과 『제국신문』이 3,300부, 2,000부 가량[5]이었던 것

---

4) 최민진, 『육당 최남선의 서적 장정 연구』, 홍익대학교 대학원 석사학위논문, 2012, 45쪽.
5) 박천홍, 앞의 글, 416쪽 참고.

을 감안하면 대단한 발행 부수가 아닐 수 없다.

　그럼에도 불구하고, 판매 실적은 매우 보잘것없었다고 한다. 창간호의 독자 수가 6명, 2호가 14명, 8, 9호가 30명이었고, 1년이 지나서도 270명을 넘지 못했다[6]고 한다. 하지만 판매 부수와 관계없이 『소년』의 의미는 각별했다. 한국 최초의 근대적인 평론 『육당 최남선론』을 썼던 이광수는 "이 조그마한 잡지는 그때에 있어서는 일종의 경전과 같이 애독이라는 것보다 존경을 받았다."[7]라는 증언을 남기기도 했을 정도다.

　이처럼 신문관과 『소년』은 '1인 출판'의 원조 격이라 할 수 있는데, 최남선의 증언처럼 "스스로가 기자며 식자공이며, 손으로 기계를 돌리는 인쇄직공이기도 했"[8]다. 그리고 점점 신문관의 규모가 커짐에 따라 신문관은 편집부와 인출부(印出部) 그리고 판매부까지 함께 운영하는 출판 복합체의 성격을 갖추게 되었다. 다른 출판사의 출판물도 인쇄하여 판매·유통하기도 하였으며, 신문관에서 발행한 잡지에 공란이 있으면 자사(自社)의 책 광고를 넣거나 근간 예고 광고를 넣기도 하였다. 또한, 신문관 발행 서적에는 항상 '신문관 발행'이라는 문안을 적어 넣어 자신들을 알리는 데 적극적이었다. 게다가 신문관은 판매 전략으로 우편제도를 활용하기도 하였다. 『소년』 창간호의 판권 위에는 주문 규정이 수록되었는데, "대금은 아무쪼록 우편환으로 송치하시되 부득이하면 1전이나 5리(厘) 우표를 10에 1을 가(加)하여 송치"하라고 알렸다. 이 모든 시도가 한국 최초였다.

---

6) 김근수, 「한국잡지사연구」, 한국학연구소, 1992, 37쪽 참고.
7) 이광수, 「육당 최남선론」, 『조선문단』, 1925. 11(『이광수 전집』 8, 우신사, 1978, 478쪽에서 재인용.)
8) 최남선, 「한국문단의 초창기를 말함」, 『현대문학』 창간호, 1955. 1, 38쪽.

1909년 2월 12일 신문관에서는 최남선이 직접 번역한 『걸리버 유람기』(조나단 스위프트)가 발간되었는데, 표지에 '십전총서(十錢叢書)', '소설류 제1책'이라는 말이 적혀 있다. 그 유명한 '십전총서'다. 그 당시 책값은 대부분 50전 이내(인력거꾼 하루 임금)로 비쌌지만, 최남선은 '균일정가' 10전을 내세웠다. 그리고 1913년 10월 5일에는 '육전소설(六錢小說)'이라는 이름으로 『심청전』, 『흥부전』, 『홍길동전』 등 3권을 발간하였다. 육전소설 역시 말 그대로 6전(국수 한 그릇)이라는 저렴한 가격과 휴대하기 쉬운 B6판으로 판매되었다. 특히 육전소설은 표지가 돋보였는데 소설의 한 장면을 삽화로 그려 넣은 것이 아니라, 덩굴무늬와 꽃봉오리와 같은 화려한 디자인을 선보였다. 출판학자들은 십전총서와 육전소설을 우리나라 문고본의 효시로 꼽는다.

그러나 공교롭게도 『걸리버 여행기』가 출간된 직후 1909년 2월 23일 '출판법'이 공포되어 『소년』은 1909년 3월부터 두 차례 압수를 당하고, 세 차례 발행 정지를 당해 결국 1911년 5월 통권 23호로 폐간에 이르게 된다. 이후 최남선은 해방 전까지 끊임없이 잡지를 발간한다. 반월간 『붉은 저고리』(1913. 1.~1913. 6.). 월간 『아이들보이』(1913. 9.~1914. 9.), 월간 『새벽』(1913.~1916. 1.) 등이 그것이다.

이후 신문관에서는 1919년 2월 27일 오후 극비리에 최남선이 기초한 〈3·1 독립선언서〉의 조판을 짜고, 천도교에서 운영하던 보성사에서 2만 1천 매 가량을 비밀리에 인쇄했다. 그러나 신문관은 그해 6월 28일 일제의 방화로 추정되는 화재에 의해 전소하고 만다. 결국 최남선은 1922년 7월 신문관을 해산하고 그해 9월 '동명사'를 창립하지만, 발간하던 『시대일보』가 실패하면서 그의 출판 사업은 몰락의 과정을 밟게 된다.

육전소설은 표지가 돋보였는데 소설의 한 장면을 삽화로 그려 넣은 것이 아니라, 덩굴무늬와 꽃봉오리와 같은 화려한 디자인을 선보였다. 출판학자들은 십전총서와 육전소설을 우리나라 문고본의 효시로 꼽는다.

『남훈태평가』(1913)

『심청전』(1913)

『사씨남정기』(1914)

3. 편집과 디자인

최남선은 일찍이 근대적인 '디자인'의 개념을 이해하고 있었던 것으로 보인다. 아마도 일본 유학 중에 보게 된 일본 책들의 영향이 있을 것이다. 그는 특히 책 표지의 중요성을 깨닫고 책의 성격과 내용에 어울리는 표지를 만들기 위해 노력했고, 안중식, 고희동 등 당대 최고의 화가로부터 작품을 받아 표지로 활용하기도 하였다. 또한 책의 가독성을 높이기 위해 삽화를 본문에 삽입하기도 하였다. 예컨대, 『소년』(제4년 제2권, 1911)에 게재된 〈로빈손(無人絶島漂流記)〉에는 거친 풍랑을 헤치는 사람들의 모습을 삽화로 보여 주면서 '표류기'라는 의미를 더욱 부각하는 효과를 의도[9]하기도 했다. 특히 서양 번역서들을 소개하거나 수록할 때 많은 삽화를 보여주고 있는데, 그것은 접하기 어려운 서구 문화에 대한 환상과 호기심을 자극하는 것과 동시에, 친밀하게 받아들일 수 있도록 의도한 것이다. 시각적 주목 효과와 텍스트로 가득 찬 지면의 지루함을 줄여 주는 역할은 물론이다.

〈로빈손〉 삽화

『소년』의 삽화는 당시 우리나라의 최고의 화가인 心田 安中植이 담당하게 되어 이 양반한테 삽화 부탁을 하는데, 육당의 마음에 들지 않으면 몇 번이고 고쳐 그리게 하여 심전 노인이 화도 내고, 그림을 가지고 몇

---

9) 권보드래 외, 『소년과 청춘의 창』, 이화여자대학교 출판부, 2007, 43쪽.

번씩 왕래하였다고 한다. 편집에 관해서는 삽화만이 말썽이고, 『소년』의 원고는 육당이 거의 혼자 써서, 말하자면 육당 개인지인 셈이므로 원고를 의뢰한다든지 독촉하는 일은 없었다고 한다. 다만 동경에 있는 李光洙가 얼마 뒤에 때때로 원고를 보내와서 외부에서 오는 원고는 춘원의 것뿐이었다고 한다.[10]

최남선 평전에 기록된 위의 기록만 봐도 알 수 있듯이, 최남선은 삽화를 매우 중요시했고, 가독성을 높이는 동시에 단순한 인쇄물이 아니라 하나의 '예술 작품으로서의 책'을 만들기 위한 고심의 흔적을 엿볼 수 있다.

그렇다고 해서 최남선이 전통적인 문양이나 이미지 등을 도외시한 것은 아니었다. 최남선 외에도 임숙재, 이순석, 강창원, 한홍택 등의 지식인들이 일본 유학(동경미술대학교 등)을 통해 일본의 디자인 개념과 작품들을 국내에 소개하기 시작했으며, 이들로 인해 디자인 교육의 기초가 이뤄지게 되었다. 특히 이들은 일제의 압박에도 태극, 한복, 거북선, 호랑이, 대나무, 백두산 등 각종 문양이나 색채, 스타일에서 한국적 소재를 등장시켜 한국적 조형성을 잃지 않으려 노력했다.

최남선 역시 태극이나 호랑이 등의 한국적 소재를 적극 활용하여 책을 디자인했을 뿐만 아니라, 『소년』 창간호의 '봉길이 지리공부(鳳吉伊地理工夫)'란 꼭지 중 「대한(大韓)의 외위형체(外圍形體)」라는 글에서 한반도를 호랑이의 형상에 비유한 지도를 처음으로 소개하기도 하였다. 이는 최남선이 일본 와세다대학 고사부 지리역사학과 입학

10) 조용만, 『육당 최남선』, 삼중당, 1964, 87쪽.

하여 공부한 일이 있어 지리에 관한 관심이 남달랐다는 것과 관련 지을 수 있다. 게다가「대한의 외위형체」라는 글이 발표되자마자 엄청난 호응을 얻어 『황성신문』에서 최남선의 글을 극찬하기도 하였다. 최남선의 호랑이 지도는 이후 폭넓은 지지를 받아 최남선은 각종 잡지에 한반도를 상징하는 호랑이 이미지를 수록하였다. 1913년 『붉은져고리』 창간호, 『신문계(新文界)』 창간호, 1914년 『청춘(靑春)』

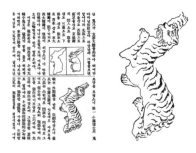

〈봉길이 지리공부〉 중 「대한의 외위형체」

『붉은져고리』 창간호

창간호, 1925년 『새벗』 창간호, 1926년 『별건곤(別乾坤)』 창간호 등의 표지화에 호랑이 이미지를 넣었다. 또한 최남선은 태극 문양을 『소년』 표지와 내지에 즐겨 사용하기도 했다.

『소년』의 표지는 제4년의 2권을 제외하고 매호 같은 형식을 유지하였으나, 속표지는 매호 표지와는 아주 다른 형식을 사용하여 독자들에게 신선함을 선사하였다. 제호와 월계관의 양 옆에는 발행 취지를 담은 글이 게재되었고, 하단에는 책의 목차가 게재되었다. 책의 얼개를 한눈에 살펴볼 수 있게 의도된 것이었다.

또한 당시의 다른 서적과는 달리 신문관은 서적에 2도 혹은 '풀컬러'의 색채를 사용하여 시각적 주목을 의도하였다. 어린아이들을 주 독자층으로 염두에 둔 『붉은져고리』, 『새벗』, 『아이들보이』 등의 표지에는 화려한 색채의 이미지를 그려 넣어 관심을 유도했고, 본

『청춘』 창간호

『아이들보이』 10호(1914)

『아이들보이』 10호 본문

『아이들보이』 10호 그림

『아이들보이』 10호 다음엇지

문 역시 화려한 색채의 삽화를 그려 넣었다. 그리고 『아이들보이』에서는 한국 최초로 잡지 연재만화를 게재하였는데, 〈그림본〉이나 〈다음엇지〉라는 코너에서는 이미지만 그려 넣어 다음 칸을 연상하게 하는 새로운 시도를 선보이기도 하였다.

특히, 최남선은 육전소설의 책 표지에 심혈을 기울였는데, 모든 책이 같은 디자인을 취하고 있다. 당초(덩굴)무늬가 책의 전면을 장식하고 있고 그 중심에 '륙젼쇼셜', '서울신문관 발힝'이 보이고, 당초무늬 위로 책의 제목이 보인다. 정확한 상하 좌우의 대칭이 엿보이는 디자인을 선보이고 있다. 근래의 출판학자들이 육전소설을 우리나라 문고본의 효시로 꼽는 이유가 여기에 있다.

이처럼 최남선은 단순히 서구 지식만 소개하거나 자신의 사상이나 의견을 피력하려는 지면 확보에 머무르지 않고, 돈 주고 사서 볼 만큼 가치 있는 책을 만들기 위해 다양한 시도를 선보였다. 그는 일본을 통해 받아들인 디자인 개념을 적극 도입하되, 그것을 동양적인 것, 조선적인 것으로 재해석하여 우리의 것으로 만들고자 하였다. 식민지 땅에서 혁명을 꿈꿀 수 있는 어린아이와 청소년들을 계몽(啓蒙)하기 위한 절실한 고민이 그 바탕이었을 것이다. 그리고 최남선의 그와 같은 노력이 현재에 이르는 출판 기술과 출판 시스템 등의 발판이 되었음은 부인할 수 없을 것이다.

4. 왜 잡지였을까

부친 최헌규의 전폭적인 지지가 없었다면 신문관은 유지는커녕 애초에 설립되지도 않았을 것이지만, 신문관이 계속 유지되고 잡지와 육전소설 등이 계속 출간될 수 있었던 것은 식민지 지식인 최남선의 근대화를 향한 욕망이 있었기 때문이다. 최남선은 인쇄매체라는 미디어를 통해 일반 대중 특히 '소년'이라고 할 수 있는 독자들에게 신문화 혹은 근대문학을 소개하고 자연스럽게 받아들이게 하는 데 심혈을 기울였다. 그 당시 계몽을 위한 최대치의 효과를 낼 수 있는 매체가 인쇄매체였기 때문이다.

나는 이 雜誌의 刊行하난 趣旨에 對하야 길게 말삼하디 아니호리라. 그러나 한마디 簡單하게 할 것은 '우리 大韓으로 하야곰 少年의 나라로 하라 그리하랴 하면 能히 이 責任을 堪當하도록 그를 敎導하여라.' 이 雜誌가 비록 뎍으나 우리 同人은 이 目的을 貫徹하기 爲하야 온갖 方法

으로 써 힘쓰리라.

少年으로 하야곰 이를 닑게하라 아울너 少年을 訓導하난 父兄으로 하야곰 이를 닑게하여라.

—『소년』 창간호(1908) 창간사

　『소년』 창간사에서 알 수 있듯이 늙고 병든 식민지 조선이라는 나라를 벗어나 젊고 건강한 '소년의 나라'가 되게 하자는 취지로 만들어진 것이 『소년』이고, 그것이 신문관의 설립 이념일 것이다. 최남선은 일제의 억압과 압수, 발행 금지 처분에도 여러 종류의 잡지를 꾸준히 발간하는데, 그것은 잡지가 가진 '힘'에 주목했기 때문일 것이다. 잡지는 신문의 정보 유통과는 다른 차원의 심도 있고 전문적인 지식을 전달하는 매체라는 점에서 근대 문화의 총아(寵兒)로 주목받았을 뿐만 아니라, 비교적 적은 자본으로 발간할 수 있어 대중적인 확산이 신문보다 용이했을 것이다.

　결국 시대적 요구에 따라 '잡지문단'[11]이 형성될 수 있었고, 잡지를 통해 "제일 못나고 제일 가난하고, 산천도 남만 못하고, 시가도 남만 못하고, 가옥도, 의복도, 음식도 남만 못한", "철학도 발명도 예술도 없다."[12]는 식민지 조선 땅에 '문예(文藝)'가 탄생할 수 있었다. 그래서 이광수는 조선에 문예라는 말이 정착된 것은 잡지에 배치된 '문예란'의 공이 큰 것임을 강조[13]하기도 했다. 최남선 역시 『소년』이나 『아이들보이』 등에 독자의 의견을 듣는 독자엽서 란을 만들었다. 창작자와 향유자의 분리가 아니라, 쌍방향 의사소통으로 인해 창작

11) 김병익, 『한국문단사』, 일지사, 1980, 79쪽.
12) 경서학인(京西學人), 「예술과 인생-신세계와 조선민족의 사명」, 『개벽』 제29호(1922. 11. 1), 3쪽.
13) 이광수, 「우리 문예의 방향」, 『조선문단』, 1925. 11, 84쪽.

자와 향유자가 동일해지는, 비로소 근대적인 문화와 문학의 장(場)이 마련된 것이다.

그것이 바로 엄청난 적자를 감수하면서도, 최남선이 끈질기게 잡지를 발간한 이유일 것이다. 잡지가 세상을 바꾸지는 못해도, 적어도 잡지를 읽고 잡지에 글을 발표하는 사람은 바뀔 수 있을 것이다. 그래서 점차 세상이 바뀌길 고대(苦待)하는 아니, 이미 바뀐 세상에서 사는 사람들이 바로 잡지를 만들고 읽는 사람이 아닐까. 전 세계 유례를 찾아보기 힘들 정도로 유독(惟獨) 한국에 문학잡지가 많은 이유가 여기에 있다.

요컨대, 누구나 글을 쓰고 누구나 글을 읽을 수 있는, 누구나 조국을 걱정하고 고민하는, 그래서 건강한 나라가 되는, 최남선이 꿈꾸던 나라는 그런 나라가 아니었을까.

한반도는 중국에 붙은 토끼가 아니라 호랑이다.

최남선에게 바다는 무한한 힘이자, '소년배'들이 받아들여야 할 가능성의 세계였다. 그는 '궁핍한' 식민지 현실 속에서 소년배들에게 희망을 걸었다. 바다로 상징되는 서양의 근대 문명을 최고의 가치로 신뢰하면서도, 조선의 신시대이자 근대화가 '소년'에 의해 주체적으로 이루어져야 한다고 믿는 그의 소망은 식민지 지식인 최남선만의 돌파구였다.

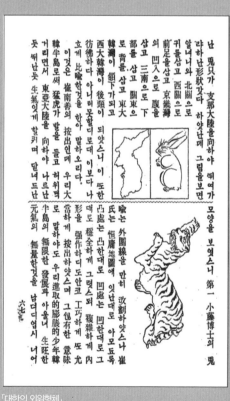

「대한의 외위형체」

바다

최남선, 소년의 가능성을 바다에서 찾다

바다

최남선, 소년의 가능성을 바다에서 찾다

1. 왜 지리학인가

최남선은 17세의 나이로 두 번째 일본 유학길을 떠난다. 그는 1906년 9월 와세다대학 고등사범부 지리역사학과에 입학하지만, 1907년 3월 27일 '모의국회 사건'에 항의하여 다른 조선인 유학생들과 동맹 퇴학을 당하게 된다. 그러나 약 6개월간의 유학 생활은 그의 세계관을 바꿔 놓을 만했다. 바로 '지리'와 '역사'라는 '학문'이었다. 1차 유학 시기 이후 지리와 역사 공부에 열중했다는 진술[14]과 『소년』지를 비롯한 그의 여러 글을 통해 알 수 있듯이, 지리와 역사에 관한 그의 관심과 연구는 식민지 시대의 담론 중 중요한 자리를 차지하고 있다.

최남선을 위시하여 여러 학자가 이른바 '국학(國學)'에 몰두하기 시작했는데, 일제의 식민담론에 맞서기 위해 '조선적인 것'을 찾기 위한 고군분투(孤軍奮鬪)였다. 특히 최남선은 이전의 전근대적 지리학을 비판하고 새로운 '근대적 지리학'을 제시하는데, 가장 먼저 비판의

---

14) 조용만, 『육당 최남선』, 삼중당, 1964, 58쪽 참고.

대상으로 삼은 것은 '풍수지리학(風水地理學)'이었다.

地理學이라ᄒ면 古老人中或, 傳來ᄒ든 風水知書와 同祖ᄒᆯ 者도 有ᄒ디 未知ᄒ거니와, 此는 決코 靑囊赤霤之設을 査究ᄒ고 玉尺金斗之書을 强ᄒ야 讀者僉彦으로 더브러 卻月覆丹之勢와 鷄棲牛眼之形을 談設코댜 홈이 아니라 다만 吾人의 現方棲息ᄒᄂ 地球上 現象에 就ᄒ야 吾人이 不可不 知ᄒᆯ事項을 記述ᄒ야 姑且未悉ᄒᄂ 人士의게 頒示코댜 홈이니, 卽靑鳥子餘流의 地理談이 아니라 古今幾多學者가 積年討究ᄒ야 積確驗算ᄒ 事實이니라.
　　　—「地理學 雜記」 앞부분(『대한유학생회보』 제2호, 1907. 4. 7, 49쪽)

"지리학은 풍수설이라는 터무니없는 주장으로 사람의 길흉을 점치는 방법은 아니다"라는 유길준(『서유견문』)의 지적처럼 그 당시 풍수지리학은 미신과 같이 폐지해야 할 '구습(舊習)'으로 여겨졌고, 최남선 역시 인용문을 통해 알 수 있듯이 "고금기다학자(古今幾多學者)가 적년토구(積年討究)ᄒ야 적확험산(積確驗算)ᄒ 사실(事實)"을 바탕으로 한 근대적인 지리학에 천착한다. 그의 지리학에 관한 관심은 『소년』과 『역사 · 지리연구(歷史 · 地理硏究)』와 같은 정기 간행물(잡지) 발행, 『대한지지(大韓地誌)』, 『외국지지(外國地誌)』, 『한양가(漢陽歌)』, 『경부철도가(京釜鐵道歌)』, 『세계일주가(世界一周歌)』 등의 단행본 발간, 조선광문회를 통한 『택리지(擇里志)』, 『도리표(道里表)』 등의 지리 관련 고전서적 발행을 통해 잘 드러난다. 최남선에게 있어 '지리'는 곧 식민지라는 영토주권적 질서 안에서 민족의 문제이자 식민지 현실의 문제였기 때문이다.

그런데 일본 지질학자 고토 분지로(小藤 文次郎)는 『조선산악론(朝鮮山岳論)』과 『조선전도(朝鮮全圖)』 등의 지리서를 내면서 한반도를 토끼로 비유하자, 앞서 언급했듯이 최남선은 이에 반박하여 『소년』 창간호의 '봉길이 지리공부(鳳吉伊地理工夫)'란 코너에서 한반도를 호랑이 형상에 비유한 지도를 소개하며 「대한의 외위형체(大韓 外圍形體)」라는 글을 발표하였다. 이는 한반도를 지배하려는 일본 제국주의에 맞서 세계정세를 정확히 파악하여 '국난(國難)'을 극복하려는 의지에서 비롯된 것이다.

「대한의 외위형체」

그와 같은 최남선의 '지리학'에 대한 관심은 역사 속의 국토(國土) 의미와 더불어 한반도의 문화 유적과 식생, 그리고 민족의 생활양식(민속학)까지 뻗어 나갔다. 그는 국토 순례를 다니면서 문화 유적을 예찬하는 기행문과 시조를 많이 썼고, 점차 '육지'가 아닌 '바다'라는 새로운 공간으로 기획을 확장하기에 이른다. 그에게 있어 한반도라는 육지가 민족의 터전이라면, 바다는 새로운 세계로 열려 있는 공간이자, 개화 문명이 들어오는 곳이었으며, 식민지 조선 '소년'들의 소망과 동경의 대상이었다.

2. 바다의 상징, 현해탄

1876년 개항(開港)을 통해 개화기 시대가 도래했지만, 1900년대 식민지 조선의 시인들에게 '바다'라는 소재는 낯선 것이었다. 김기림과 임화, 정지용과 오장환 등의 '바다' 시편들에서도 바다는 여전히 이국적 세계이자 낯선 공간이었다. 식민지 바다 시편에 자주 등장하는 '현해탄(玄海灘)'이라는 공간이 바로 그것인데, 현해탄은 1905년 9월부터 광복을 맞이할 때까지 부산과 시모노세키를 연결하는 관부연락선이 오갔던 해역 전체를 지칭하는 용어였다. 식민지 조선의 많은 청년 지식인들이 새로운 세계를 만나기 위해 현해탄을 건넜고, 일본이 조선의 식량과 자원 등을 침탈하여 본국으로 수송했던 뱃길이기도 하다. 또한, 조선의 수많은 노동 이민자들이 일본에서 새로운 삶을 개척하기 위한 민족 이산(離散, Diaspora)의 비극적 행로이기도 하다.

이러한 현해탄이 조선 전반에 걸쳐 유명해진 사건이 하나 발생한다. 그것은 1926년 8월 4일 도쿄에서 활동하던 극작가 김우진과 성악가 윤심덕이 귀국하던 도중 현해탄 관부연락선에서 바다로 동반 투신하여 자살한 사건이었다. 젊은 유학파 연인의 동반 자살이라는 생소한 사건에 매스컴의 비상한 관심이 쏟아졌고, 윤심덕이 일본에서 마지막으로 취입한 노래 〈사(死)의 찬미(讚美)〉는 이들의 낭만적 사랑의 상징물로서 소비되었다. 이 과정에서 현해탄은 '정사(情死)'의 낭만적이고도 신화적인 공간으로 '심상지리화'[15]되었다.

【1절】
광막(曠寞)한 황야(荒野)에 달리는 인생(人生)아
너의 가는 곳 그 어데이냐
쓸쓸한 세상(世上) 험악(險惡)한 고해(苦海)를
너는 무엇을 차즈러 가느냐

---

15) 김혜인, 「현해탄의 정치학-제국의 법질서와 식민지 주체의 정화술」, 『어문논총』 52, 한국문학언어학회, 2010. 6, 197쪽 참고.

김우진과 윤심덕의 자살 사건 보도(조선일보)

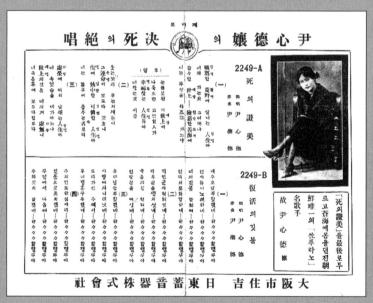

〈사의 찬미〉 가사지

【후렴】

눈물로 된 이 세상(世上)아 나 죽으면 고만일가

행복(幸福) 찾는 인생(人生)들아 너 찾는 것 서름

【2절】

웃는 저 꽃과 우는 저 새들이

그 운명(運命)이 모두 다 갓고나

삶에 열중(熱中)한 가련(可憐)한

인생(人生)아 너는 칼 우에 춤추는 자(者)로다

— 윤심덕, 〈사(死)의 찬미(讚美)〉 중에

　원곡은 루마니아 작곡가 이오시프 이바노비치(Iosif Ivanovich, 1845~1902)의 관현악 왈츠 〈다뉴브 강의 잔물결〉인데, 윤심덕이 한국어 가사를 붙인 것이다. 〈사의 찬미〉는 일본에서 발매된 최초의 조선어 노래였고, 윤심덕과 김우진의 동반 자살로 인해 이 음반은 일본과 조선 전역에서 불티나게 팔려나갔고 전대미문의 판매량을 올렸다고 한다. 이후 이들의 이야기는 1991년 장미희와 임성민 주연의 영화 〈사의 찬미〉로 개봉되기도 했고, 최근에는 뮤지컬로 재탄생되기도 하였다.

　결국, 한국 근대문학의 출발점에서 '바다'는 서구문명의 유입과 새로운 세계로 열려 있는 공간이자, 낭만적이고 이국적인 공간이었다. 그러나 현실적으로 바다는 일제의 조선 수탈의 현장이었으며, 조선 침략의 행로에 불과했다. 그런 의미에서 바다라는 공간은 식민지 조선에 대한 현실 인식과 그에 따른 절망과 비애, 제국 일본과 외국에 대한 동경이라는 양가의 감정이 그 어디보다도 가장 먼저 형상화된 곳이라 할 수 있다.

3. 바다를 망각한 조선

다시 최남선으로 돌아오면, 그는 '현해탄'이 유명해지고 시인들이 바다를 동경하고 노래하기 한참 전에, '바다'에 대한 이해가 각별했다. 말 그대로 '선구자'였던 것이다. 그는 개화기 계몽 주체로서 자기 스스로 정체성을 구축하는 과정에서 바다를 중심으로 서술되는 역사를 강조한다.

> 내가 이 책에 執筆할세 우리 國民에게 향하여 着精키를 원할 一事가 있으니 그것은 곳 우리들이 우리나라가 三面環海한 半島國인 것을 許久間 忘却한 일이라
>
> ─「海上大韓史 1」 부분(『소년』 창간호)

최남선은 『소년』 창간호(1908)부터 시작해 줄곧 바다를 중심으로 서술되는 역사가 조선에 없음을 비판한다. 그동안 조선이 "삼면환해(三面環海)한 반도국(半島國)"인 것을 '망각'했기 때문이다. 그는 바다를 통해 다른 나라를 탐험한 걸리버와 로빈슨 등에 주목하면서 해양 진출의 중요성을 인식하기 시작했다. 이에 따라 그는 「해상대한사(海上大韓史)」라는 글을 『소년』에 12회에 걸쳐 연재하며 바다에 관한 관심을 끊임없이 환기했고, 『소년』에 「海에게서 少年에게」, 「千萬길깁흔 바다」, 「三面環海圖」, 「바다 위의 勇少年」 등 자신의 시를 발표하기도 하면서 동시에 『로빈손 無人絶島漂流記』 등과 같이 일본소설 번역본을 게재하기도 하였다.

따라서 큰 틀에서 보면, 잡지 『소년』의 전체를 아우르는 주요한 키워드가 곧 '바다'라고 할 수 있다. 그에게 있어 바다는 새로운 세

일본소설『無人島大王』표지   일본소설『絶島漂流記』본문

계로 열려 있는 공간으로서 개화 문명의 바람이 불어오는 잠재력으로 충만한 공간이었고, 이러한 공간을 '소년'들이 제대로 인식하기를 원했던 것이다.

그러나 조선(대한제국)은 1905년 을사늑약에 이어 1910년 한일합병조약에 따라 국권이 피탈되었고, 한반도는 제국 일본의 속국이 되었다. 이에 따라 대한제국 영토의 경계에 대한 분쟁이 시작되었다. 일본은 간도 지방을 두고 청(淸)과 첨예한 갈등을 보였고, 독도 영유권에 대한 일본의 침범이 빈번해졌다. 또한 일본은 조선의 확정된 국경선 내 영토를 효율적으로 지배하기 위해 행정구역을 확정짓고 인구조사를 실시[16]하는 등 이제 조선 땅의 주인은 조선인이 아니라 일본인이 되었다.

이러한 국제 질서의 재편 속에 최남선은 조선이 '반도국'이라는 사실에 주목하며 독특한 논리를 전개한다. 그는 바다와 육지를 서양문화와 동양문화로 보고, 동서 문화가 화합하여 세계적 문화가 성립될 장소로 한반도를 지목한다. 한반도가 곧 세계의 중심이라는

16) 이종호, 「최남선의 지리(학)적 기획과 표상」, 『상허학보』 22, 상허학회, 2008. 2, 278쪽 참고.

것이다.

地勢상으로 보아 半島가 다른 陸地보담 優勝한 점은 都트러 말하자면 海陸接境에 처하여 陸利와 海利를 겸하여 받는 것이라. 대저 半島는 三面으론 海洋에 안기고 一面으론 陸地에 매달려 …(중략) 半島는 이렇게 海陸兩便의 文物을 이리저리로 한 데 받아서 著作하고 試驗하여 오직 그 長處만 取擇하는 自由가 있으니

— 「海上大韓史 6」 부분(『소년』 2년 4권)

이제 한반도는 중국에 붙은 토끼(고토 분지로)가 아니라, "반도(半島)는 그 지형(地形)이 대륙(大陸)으로 향(向)하는 먹을 것을 구(求)하난듯키 해양(海洋)을 등지고 입을 딱 버리고 잇고 대양(大洋)으로 향(向)하야는 손님을 영접(迎接)하듯키 육지(陸地)를 의지(倚支)하야 발을 쑥 내여 밀고 선"(《海上大韓史(9)》) 호랑이의 형상으로서, 역동적이고 팽창적인 이미지를 가진다.

최남선은 그동안 반도국이고 연해국인 조선이 바다를 잊어버린 민족이 될 수밖에 없는 데에는 호머와 바이런과 같은 대문장가가 없었기 때문이라고 주장[17]한다. 바다와 관련되어 기록으로 전해 오는 이야기를 갖지 못하였기 때문에 바다를 망각한 민족이 될 수밖에 없다는 것이다. 그는 그 책임 여부를 사대주의(중국-대륙)에 치우친 고려 문인에게서 찾으려 했고, 그는 신라의 탈해왕, 수로부인 더 나아가 고조선의 단군으로까지 바다 서사의 시초를 찾아간다. '해가

---

17) 표정옥, 「바다'를 통한 신화적 공간 기획과 문화 정체성 구축 욕망 연구—최남선의 「바다와 조선민족」을 중심으로」, 『해양도시문화교섭학』 10, 한국해양대학교 국제해양문제연구소, 2014. 4, 220쪽 참고.

지지 않는 나라' 영국과 '바이킹 신화'를 가지고 있는 노르웨이와 마찬가지로, 한반도 역시 바다과 관련된 건국담을 가지고 있는 민족의 나라라는 것이다.

이와 같은 최남선의 논의는 지리적 요소에만 몰두하지 않고, 역사와 문화까지 아우르려는 일종의 '기획'이었다. 그것은 바로 식민지 조선의 현실을 타개하기 위한 개화기 지식인의 뼈아픈 고뇌에서 비롯된 것이었다.

4. 해에게서 소년에게

최남선은 바다를 가장 완벽하고 진실한 공간으로 본다.

바다는 가장 完備한 形式을 가진 百科事彙라 그속에는 科學도 잇고 理學도 잇고 文學도 잇고 演戲도 잇슬 뿐아니라 물한아로 말하야도 짠물도 잇고 단물도 잇스며 더운물도 잇고 찬물도 잇스며 산ㅅ골물도 잇고 들물도 잇으며 東大陸물도 잇고 西大陸물도 잇서 한번 떠드러보면 업난 것이 업스며 바다는 가장 진실한 材科로 이른 修養秘訣이라 … (중략)… 큰사람이 되려하면서 누가 바다를 아니보고 可하다하리오마는 더욱 우리 三面에 바다가둘닌 大韓國民=將差이 바다로써 活動하난 舞臺를 삼으려하는 新大韓少年은 工夫도 바다에 求하지아니하면아니될 터인즉 바다를 보고 불뿐아니라 親하고 親할뿐아니라 부리도록 함에서 더 크고 緊한일이업난지라

　　　　　　　　　　　　　　　　─「嶠南鴻爪」 부분(『소년』 2년 8권)

그에 따르면, 바다는 '과학(科學)', '이학(理學)', '문학(文學)', '연희(演戲)'

도 있는 '백과사휘(百科事彙)'로서 '큰사람'이 되려면 바다를 봐야 한다고 주장한다. 최남선은 앞서 언급했듯이 반도국이라는 지리적 특성과 더불어 조선의 '신대한소년(新大韓少年)'이 바다로 나가 새로운 문명과 지식을 배우기를 독려한다. 그는 「바다 위의 용소년(勇少年)」이라는 작품에서 "굿은마음 굿센 팔을 밋고 의지해/이런 중에 견대나온 공력이 나서/오래잔해 바다정복 끗치나겠네"라는 표현을 통해 바다를 정복하고 그 위에 선 소년의 모습을 '계몽적'으로 보여 주기도 한다. 다시 말해, 최남선은 식민지 조선의 소년들이 거친 바다로부터 배우고 그렇게 길러진 힘을 통해 다시 바다를 정복해 나가는 진취적인 '용소년(勇少年)'이 되기를 바라는 것이다.

또한 최남선은 육지와 대립하는 바다를 온갖 악한 마음과 사람에 의해 오염되지 않은 순수한 공간이자 무한한 힘으로 보고, 모든 가능성이 잠재된 바다를 식민지 조선 '소년배(少年輩)'가 경험하여 한반도의 억압된 현실 상황을 탈피하고, 한반도에 새로운 질서와 체계가 수립되기를 희망한다.

1.
텨……르썩, 텨……르썩, 텩, 쏴……아.
짜린다, 부슨다, 문허바린다,
泰山갓흔 놉흔뫼, 딥태갓흔 바위ㅅ돌이나
요것이무어야, 요게무어야,
나의큰힘, 아나냐, 모르나냐, 호통짜디하면서,
짜린다, 부슨다, 문허바린다,
텨……르썩, 텨……르썩, 텩, 튜르릉, 콱.

…중략…

6.
텨……ㄹ썩, 텨……ㄹ썩, 텩, 쏴……아.
뎌世上 뎌사람 모다미우나
그中에서 ᄯᆨ한아 사랑하난 일이 잇스니,
膽크고 純正한 少年輩들이,
才弄처럼, 貴엽게 나의품에 와서안김이로다.
오나라 少年輩 입맛텨듀마.
텨……ㄹ썩, 텨……ㄹ썩, 텩, 튜르릉, 콱.

— 「海에게서 少年에게」 부분(『소년』 창간호)

잡지 『소년』의 기획 의도가 잘
드러나는 작품 「해(海)에게서 소년
(少年)에게」는 1연 7행, 총 6연 42
행으로 이뤄져 있으며, 파도치
는 소리를 형상화한 의성어와 구
어체의 문장은 전통 시에서 찾아
볼 수 없는 것이었다. 또한 말줄

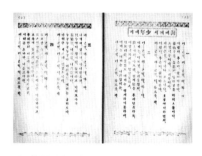

작품 「해에게서 소년에게」

임표와 쉼표, 의성어의 반복에 의한 속도감과 역동적인 리듬감은 파
도의 움직임을 연상시키는 효과[18]를 낸다. 무엇보다 그동안 시에 거
의 등장하지 않았던 '소년'을 전면으로 내세워 새 시대의 상징으로
삼은 것은 이 시가 획득한 '최초'의 의미일 것이다. 작품에서 드러나
있듯이, 바다는 "태산(泰山)갓흔 놉흔뫼, 딥태갓흔 바위ㅅ돌"따위를

18) 박민영, 「근대시와 바다 이미지」, 『한어문교육』 27, 한국언어문학교육학회, 2012. 11, 300쪽.

때리고 무너뜨리는 강한 힘을 갖고 있다. 그래서 힘과 권세 부리는 자들이나 진시황, 나폴레옹 같은 영웅들조차 바다 앞에서 꼼짝 못한다. 그러나 바다는 오직 "담(膽)크고 순정(純正)한 소년배(少年輩)"들을 사랑한다. 이 시의 제목이 '少年에게서 海에게'가 아니라, '海에게서 少年에게'인 이유가 바로 그것이다. 바다를 시적 화자로 하여 소년에게 말을 건네고, 소년은 그 바다의 '메시지'에 화답하여 능동적이고 적극적인 변화를 이루는 것. 식민지 현실을 타개하고 새로운 세계 질서로 나아가는 것. 그것이 최남선의 '바다 기획'이었다.

5. 소년배

최남선에게 바다는 무한한 힘이자, '소년배'들이 받아들여야 할 가능성의 세계였다. 그는 '궁핍한' 식민지 현실 속에서 소년배들에게 희망을 걸었다. 바다로 상징되는 서양의 근대 문명을 최고의 가치로 신뢰하면서도, 조선의 신시대이자 근대화가 '소년'에 의해 주체적으로 이루어져야 한다고 믿는 그의 소망은 식민지 지식인 최남선만의 돌파구였다. 물론 서구의 근대 문명을 '왜' 그리고 '어떻게' 수용해야 하는가에 대한 깊은 고민 없이 피상적인 인식에 그치고 말았지만, 그것은 최남선의 한계이면서 동시에 시대의 한계일 것이다. 예컨대 이인직의 『혈의 누』나 이광수의 『무정』에서 드러나듯이 서구 근대 문명을 절대적으로 긍정하고 예찬하지만 철저한 현실 인식 없이 피상적 구호에 불과한 것처럼, 최남선의 '바다 기획' 역시 그러했다.

이후 최남선은 '민족'을 강조하기 위해 '바다'에서 '산'으로 다시 기획이 전환된다. 태백산, 백두산 등을 강조(《불함문화론》)하며 그 당시 민족주의 담론의 지배적인 흐름에 편승하기도 하였다. 피폐한 식민지 현실이 악화일로(惡化一路)로 치닫자 바다를 통해 나아가야 할 방향을 잃었기 때문이다. 1930년대를 지나가면서 식민지 지식인들에게 식민담론에 맞서는 것이 문제가 아니라, 식민담론에 포섭되지 않는 것이 더 큰 문제로 다가왔다.

물론 최남선이 '바다의 기획'을 완전히 포기한 것은 아니었다. 그는 조선이 해방되고, 대한민국 정부가 수립되면서 「海洋과 國民生活—우리를 求할자는 오즉 바다」(『지방행정』 제2권 제1~4호, 1953) 등의 글을 통해 바다에 부여했던 이전의 의미를 되찾기 위해 노력한다. 바다라는 공간 그리고 '소년배'는 그때도, 지금도, 앞으로도 무한한 가능성이기 때문이다.

최남선은 조선 강토에서 촉발되는 '조선심(朝鮮心)'을 '조선어(朝鮮語)'로 노래하는 것, 그것을 문학의 목적으로 보았고, '부흥 당연, 당연 부흥'할 수밖에 없는 이유가 바로 여기에 있다.

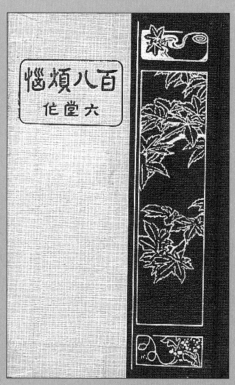

「백팔번뇌」(1926, 동광사)

시조

최남선, 현대시조의 부흥을 이끌다

시조

최남선, 현대시조의 부흥을 이끌다

1. 시조는 부흥할 것이냐

1927년 3월 잡지 『신민(新民)』(제23호)에 특집 설문 좌담이 기획되었다. 당대의 문필가들은 장르 구분 없이 설문에 자유롭게 참여하였는데, 이들에게 주어진 설문의 제목이 바로 '시조는 부흥할 것이냐'였다. 12명의 문필가에게 과연 시조가 부흥할 수 있는지, 또는 부흥해야 한다면 왜 부흥해야 하는지를 질문하였는데, 이들의 견해는 제각각이었다. 이들 글의 제목을 나열하면 다음과 같다.

무엇이던지정성스럽게하자_이병기
그러케문제(問題)삼을것은업다_이성해
의문(疑問)이웨잇습닛가_염상섭
침체(沈滯)의운명(運命)을가진부흥(復興)이아닐가_민태원
시조부흥(時調復興)은신시운동(新詩運動)에까지_주요한
반다시고형(古型)을고집(固執)함은퇴보(退步)_손진태
신시형발견(新詩形發見)의경로(經路)_권덕규

한취적내용(漢臭的內容)을타파(打破)하라_양주동
시조부흥(時調復興)에하야_이은상
세계사조(世界思潮)와국민문학(國民文學)_이윤재
시조촌감(時調寸感)_정지용
부흥당연(復興當然), 당연부흥(當然復興)_최남선

　　염상섭은 시조를 부정하는 이들은 조선에서 떠나야 한다고 강력하게 시조부흥을 옹호했으며, 주요한 역시 시조부흥운동이 자유시운동보다 더 중요한 의미를 지닌다고 말하며 시조 부흥을 지지했다. 이에 반해 민태원은 시조는 부흥되어도 곧 침체의 운명을 가진 장르라고 부정적인 시각을 보였고, 손진태는 고시조, 고형, 고어를 고집하는 경향은 극복되어야 할 것이라고 주장하였다. 이병기, 이은상은 말할 것도 없이 긍정적이었고, 정지용이나 권덕규, 양주동 역시 시조 부흥을 매우 의미 있는 일이라고 언급하며 긍정적인 견해를 보였다. 이처럼 대부분의 문필가는 시조 부흥을 동의하고 지지하는 편이었지만, 내심 시조가 과연 얼마나 오래갈 수 있으며, 민족문학이자 신(新)문학으로 적합한지는 지켜봐야 할 일이라고 의심의 눈초리를 거두지 않았다. 일단, 시조는 자기들이 창작하고 있는 장르로부터 비교적 멀리 있으니, 먼발치에서 응원은 하되, 약간의 회의감은 감출 수 없었던 것이다.
　　이에 반해 최남선은 단호했다. 그의 글 제목「부흥 당연, 당연 부흥」처럼 시조의 부흥은 당연한 일이므로 문제 삼을 것이 없다고 그는 주장한다. 글의 첫 문장부터 그는 강하게 시조 부흥을 피력했다. "물론 부흥해야 할 것이오, 또 부흥되어야 할 것이오, 또 부흥되고 말 것입니다". 그에게 있어 시조는 우리 민족 유일의 것이자, 시조 부흥의 사명을 '반드시' 이뤄야 하는 것이었다.

최남선은 이미 1년 전에 「조선국민문학으로서의 시조」라는 글을 통해 우리 조선의 언어적 특성과 민족적 리듬이 응결된 시조가 가지는 중요성과 부활의 당위성을 피력했다.

時調는 朝鮮人의 손으로 人類의 韻律界에 提出된 一詩形이다. 朝鮮의 風土와 朝鮮人의 性情이 픕調를 빌어 그 渦動의 一形相을 具現한 것이다. 픕波의 위에 던진 朝鮮我의 그림자이다. 어떻게 自己 그대로를 가락 있는 말로 그려낼가 하여 朝鮮人이 오랜 오랜 동안 여러 가지로 애를 쓰고서 이때까지 到達한 막다란 끌이다. …(중략)… 朝鮮도 相當한 文學國—民族獨自의 文學의 殿堂을 만들어 가진 者라고 하자면 몬저 文學—民族文學이란 것에 特殊한 一定議를 만들어 가지고 덤빌 必要가 있는 터이다.[19]

최남선에 의하면 시조는 "조선인의 손으로", "조선의 풍토와 조선인의 성정이 음조를 빌어" 표현된 "조선아(朝鮮我)의 그림자"다. 조선인 자기의 가락을 그려 내기 위한 오랜 고심 끝에 도달한 가장 완성된 형태의 문학이 시조라는 것이다. 그러나 민족성을 결집할 시조 부흥운동이 전개되기 위해서는 한 가지 전제가 필요했다. 시조 부흥이 전통문학의 재발견이라고 한다면, 원래부터 존재했던 시조의 실재성이 명확히 입증되어야 했다. 이에 따라 최남선을 비롯한 시조 부흥론자들은 시조의 기원을 탐색하고, 그 기원으로부터 '민족적인 것'을 도출하기 위해 서두를 수밖에 없었다.

---

19) 최남선, 「조선국민문학으로서의 시조」, 『조선문단』 16호, 1926. 5.

2. 개화기 시조와 혈죽가 열풍

1905년 을사조약으로 국권의 상당 부분이 상실되자, 민족운동은 크게 두 가지 방향으로 전개되었다. 의병전쟁과 애국계몽운동이 그 것인데, 그중 애국계몽운동의 일환으로 언론 활동, 즉 대중 계몽과 여론 형성을 위한 신문이 창간되고 배포되었다. 더욱이 다양한 계층 들이 쉽게 신문에 접근할 수 있도록 〈기서〉, 〈잡보〉, 〈투서〉, 〈편편 기담〉 등의 투고란을 시행하였다. 이제 매체의 독자가 동시에 투고 란의 저자가 되면서 독자 스스로 적극적인 글쓰기를 할 수 있는 공 간과 여건이 마련된 것이다.

이에 따라 각 신문사의 집필진들은 일반 대중 모두에게 친숙한 글쓰기 형식에 몰두하게 되었고, 그 궁리 끝에 전통 장르인 가사와 시조를 선택하게 되었다. 집필진들은 먼저 자기 스스로 필명으로 작 품을 신문에 발표하였고, 일반 대중의 투 고 작품을 신문에 수록하기도 하였다.

이러한 언론 매체들의 영향으로 개 화기 시조는 1906년부터 1918년까지 무 려 700여 수가 발표[20]되었는데, 발표된 작 품 대부분이 『대한매일신보』, 『대한민보』, 『독립신문』 등의 신문에 발표되었다. 특 히 『대한매일신보』는 1908년 11월 29일 자 '사조'란에 실린 작품 「자강력」을 위시하여 1910년 8월 17일 자의 「추풍」에 이르기까

대한매일신보(제3권 제1호)

---

20) 김영철, 『한국 개화기 시가 장르 연구』, 학문사, 1987, 29쪽.

지 약 400편의 시조가 발표되었다. 『대한민보』 역시 1906년 6월부터 1910년 8월 31일 폐간호에 이를 때까지 287수의 시조를 게재하였다.

三千里도라보니, 天府金湯이아닌가.
片片沃土우리江山, 어이차고놉줄손가.
출으리, 二千萬衆다 어도, 이疆土를.
— 「자강력(自强力)」(『대한매일신보』, 1908. 11. 29)

江湖에期約두고, 十年을분쥬ᄒ니.
無心ᄒᆫ白구들은, 더듸온다ᄒ것마ᄂ.
到處에, 虎豹豺狼다잡고야, 가리로다.
— 「공성신퇴(功成身退)」(『대한매일신보』, 1909. 3. 28)

물론 대부분의 개화기시조는 기존 전통시조의 초장이나 초중장을 차용하여 패러디에 머물렀다. 대중들의 적극적인 현실 참여를 유도하기 위해 그들의 감정을 격발하고 적극적인 호응과 반응을 유도하기 위한 정책적 전략과 함께, 대중들에게 거부감 없이 다가갈 수 있기 위해서였다. 「자강력〉에서는 우리 강산을 남에게 빼앗길 수 없음을 강조하고 있고, 「공성신퇴」에서는 도처에 있는 '호표시랑(虎豹豺狼)'과 같은 일제 동조 세력을 비판하기도 한다.

그러나 신문 집필진이 창작한 「자강력」이 발표되기 2년 수개월 전 이미 최초의 시조가 『대한매일신보』에 발표되었다. 그것이 바로 현대시조의 효시로 불리는 '대구여사(大丘女史)'의 「혈죽가」 3수이다.

협실의 소슨닷는 츙졍공 혈젹이라
우로을 불식ᄒ고 방즁의 풀은 쓴슨
지금의 위국츙심을 진각 세계

츙졍의 구든 졀긔 피을 미즈 닷가 도여
누샹의 홀노 소사 만민을 경동키ᄂᆫ
인싱이 비여잡쵸키로 독야청청

츙졍공 고든 졀긔 포은 선셩 우희로다
셕교에 소슨 닷도 선쥭이라 유젼커든
허물며 방즁에 ᄂᆫ 닷야 일너 무삼

(행갈이 인용자)

— 사동우대구여사(寺洞寓大丘女史), 「혈쥭가(血竹歌)」

(『대한매일신보』, 1906. 7. 21)

　대구여사의 「혈쥭가」는 혈죽과 선죽의 이미지상의 유사함에 기초하여, 포은 정몽주에서 자결한 민영환으로 이어지는 지사(志士)의 계보를 만들고 있는데, 이 당시 '혈죽가'는 조선 땅을 떠들썩하게 했던 큰 이슈였다.

　민영환(閔泳煥, 1861~1905)은 황실의 외척이자 한말의 관료로서 을사조약이 체결된 후 집에서 스스로 목숨을 끊은 후부터 '항일과 애국계몽'의 상징이 되었다. 민영환의 죽음을 전후로 관료였던 홍만식, 조병세 등이 을사조약 체결과 국권 상실에 분노하여 자결하면서 민영환 자결의 의미는 한결 증폭되었고, 『대한매일신보』, 『황성신문』, 『제국신문』 등의 언론에서 그의 죽음을 대대적으로 추모하면서 동시에 대중적 각성의 계기로 삼고자 하였다. 더욱이 자결한 민충정공

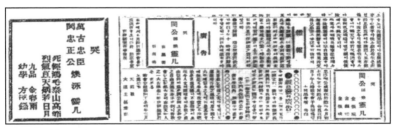

민영환의 자결을 애도하는 광고

의 집에서 녹죽이 자생했다는 기사가 나가고 몇 달 사이, 이른바 '혈죽 모티프' 시가가 유행처럼 창작되었다. 전해져 오는 이야기로는 민영환이 이완식의 집에서 자결한 이후 피 묻은 칼을 상청 마루방에 걸어 두었는데, 이듬해 5월 문을 열고 들어가니 대나무 네 줄기가 마루의 피 묻은 곳을 뚫고 올라와 자라고 있었다고 한다.

'혈죽가류' 시가는 그 일부가 다시 게재되거나 다른 방식으로 발표되기도 하여 최초 게재 이후에도 지속해서 향유되었다. 실제로 대구여사의 「혈죽가」는 1907년 『대한매일신보』에 재수록되었고, 인천 영화학교 생도가 집단 창작하여 기고한 「민충정혈죽가」는 『대한매일신보』 8월 3일 자와 『제국신문』 8월 16일 자에 약간의 시차를 두고

일본인 사진사 기쿠다가 찍은 혈죽사진

중복 게재되었다. 또한 1906년 8월 13일 자 『제국신문』에 실린 평양 여학생의 「여학도애국가」는 1907년 7월 26일 『대한매일신보』 국문판, 7월 27일 국한문판에 「혈죽가 열슈」라는 제목으로 바뀌어 실리기도 하였다.

그러나 1910년 이후 시조에 관한 관심이 급격하게 줄게 된다. 언론매

체에서는 한시 열풍이 불었고, 최초의 근대시 「해(海)에게서 소년(少年)에게」(1908)가 발표된 이후 김억의 『태서문예신보』 등을 통해 서구의 낭만주의와 자유시가 유입되면서 시조는 소외당하기에 이른다. 그렇게 시조는 개화기시조를 마지막으로 역사 속으로 사라질 위기에 처했다.

3. 백팔번뇌와 민족의 정체성

다시 최남선으로 돌아오면, 그는 「조선국민문학으로서의 시조」를 통해 시조부흥운동을 일으키기 전부터 시조에 관한 관심이 상당했다. 그는 『소년』, 『청춘』 등의 잡지에 '국풍(國風)이라는 제(題)'라는 이름으로 10여 편의 시조를 발표했고, 고시조를 모아 『가곡선(歌曲選, 1913)』을 편찬하거나, 최남선 소장의 『가곡원류(歌曲原流)』을 발간하기도 하였다. 특히 최남선 소장의 『가곡원류』는 조윤제가 텍스트 삼아 시조의 음절수를 통계적으로 분석하여 '3/4/3/4//3/4/3/4//3/5/4/3'라는 (교과서적인) 시조의 음보율을 제시하기도 하였다.

또한 최남선은 1910년대 초부터 국내외 여러 지역을 다니면서 여행기를 『소년』 등에 발표하고, 문헌자료가 부족한 고대사를 복원할 수 있는 근거를 마련해 갔다. 단군 문화가 동북아시아 지역의 중심 문화라고 주장하는 이른바 '불함문화론'을 제시했으며, 우리 민족유산으로 남겨진 명승지와 문화재 등을 발굴하고 노래하였다. 그렇게 노래한 것을 모은 것이 바로 한국 최초의 시조집 『백팔번뇌』(1926, 동광사)였다. 화려한 장정과 세련된 표지 디자인은 근대적인 디자인 개념을 이해하고 있었던 최남선의 의도에서 비롯된 것임은 두말할 나위가 없다.

詩그것으로야 무슨보잘것이잇겟습니까는 다만時調를한文字遊戲의구
렁에서건 저내어서 엄숙한思想의一容器를맨들어보려고 애오라지애써
온點이나삷혀주시 면이는무론分外의榮幸입니다.[21]

　　최남선에게 있어 시조는 단순한 문자의 유희가 아니라, '엄숙한
사상(思想)의 일 용기(容器)'였다. 즉, 최남선에게 시조는 '문학'으로서의
시조보다는, '조선문학'으로서의 시조였다. '조선'이라는 애국과 민
족의 문제를 시조에 녹여내는 것에 몰두했던 것이다. 시집 『백팔번
뇌』의 발문을 썼던 홍명희 역시 그러한 최남선의 의도를 정확히 언
급하였다.

六堂의님은구경누구인가? 나는그를짐작한다. 그님의닐음은『조선』인
가한다. 이닐음이육당의입에서쩌날제가업건마는 듯는사람은대개 그님
의닐음을불오는 것을째닷지못한다.[22]

　　홍명희는 최남선의 시집 『백팔번뇌』에서 그리워하고 줄곧 제시
되는 '님'의 실체를 '조선'으로 보았다. 『백팔번뇌』의 발문을 썼던 이
광수 역시 "외형(外形)은 연애시(戀愛詩)인 듯한데 쏘보면 애국시(愛國詩)
인 것[23]이라고 지적하며, 문학을 통해 조선의 역사를 보려고 했던 최
남선의 의도를 간파하였다.

21) 『백팔번뇌』(1926, 동광사) 서문, 『전집 1』, 138쪽. (이 글에서 최남선 시집 인용은 동광사 본을 영
　　인한 『육당 최남선 전집 1 문학』(도서출판 역락, 2003)에 근거하여 이하 『전집 1』로 표기하겠다.
22) 홍명희, 『백팔번뇌』 발문, 『전집 1』, 269쪽.
23) 이광수, 『백팔번뇌』 발문, 『전집 1』, 280쪽.

시집 『백팔번뇌』는 총 111수의 작품이
수록되었는데, 제1부는 〈동청나무 그늘〉,
제2부는 〈구름 지난 자리〉, 제3부는 〈날아
드는 잘새〉 등으로 구분하였다. 1부에서는
님에 대한 애정과 그리움을 표현하였고, 2
부에서는 백두산 등의 조선 명승지를 순방
하면서 느낀 감정과 경관의 아름다움을 노
래하였고, 3부에서는 자연과 생활, 그리움

『백팔번뇌』(1926, 동광사)

등 다양한 영역을 드러내고 있다.[24] 특히 2
부의 작품들에 주목할 만한데, 최남선은 단군굴, 한강, 석굴암, 만
경대, 천왕봉, 대동강, 백두산 등 13곳의 조선 강토에 대해 각기 3편
씩 총 39수의 작품을 수록하였다. 그는 민족의 기원을 단군으로 보
고, 민족의 애환과 이야기가 있는 곳을 직접 순례하고 그곳에서 느
낀 정취를 노래함으로써 민족의 정체성을 찾으려 했다.

아득한 어느제에
님이여긔 나립신고,

버더난 한가지에
나도열림 생각하면,

이 자리 안차즈리까
멀다높다하랴까.

— 「단군굴(壇君窟)에서―묘향산」 전문

---

24) 강진구, 「최남선의 『백팔번뇌』에 나타난 조선적인 것의 의미」, 『시조학논총』 35, 2011, 85쪽 참고.

말씻겨 먹이든물
풀빗잠겨 그득한데,

위화 섬밧게
셰노래만 놉흔지고,

마초아 구진비오니
눈물겨워하노라.

— 「압록강(鴨綠江)에서—其一」 전문

　　제2부의 맨 첫 작품인 「단군굴에서」는 단군으로부터 시작된 민
족의 기원이 현재의 나까지 이어지고 있음을 말하고 있으며, 「압록
강에서」는 이성계의 위화도 회군을 노래하였다. 그에게 있어 시조에
나타난 조선인의 삶은 조선의 역사, 즉 민족의 역사까지 확대되면서
중국 문화와 다른 조선의 문화, 일본을 포함한 아시아 전체의 세계
문학으로 손색이 없는 조선의 문화를 아주 잘 보여 주고 있는 시조
를 제시한다. 그에게 있어 시조의 문학성보다는 조선의 문화와 민
족성의 문제가 먼저였다. 최남선은 조선 강토에서 촉발되는 '조선심
(朝鮮心)'을 '조선어(朝鮮語)'로 노래하는 것, 그것을 문학의 목적으로 보
았고, '부흥 당연, 당연 부흥'할 수밖에 없는 이유가 바로 여기에 있
다. 그래서 그는 '조선적인 것'의 특수성을 세계보편적인 것으로 확
장시키려 했고, 그 우월성을 주장하기 위해 정신과 언어, 문화를 모
두 하나로 묶는 거대담론을 기획한다. 그것이 '불함문화론'이다.

4. 부르는 시조와 짓는 시조

이제 문제는 양반 혹은 중인 중심의 지배계급 시가 장르로 정의되는 시조를 어떻게 민족 고유의 문학 장르로 만드는가로 넘어왔다. 시조의 기원을 단군과 그에 따른 조선의 민족주의로 상정하기는 했지만, 시조라는 예술 장르 기원 자체, 원래부터 존재했던 시조의 실재성이 입증되어야 했다. 고려 말기에 탄생했다는 시조를 민족 고유의 문학 장르로 말하기에는 그 역사가 생각보다 짧았던 것이다.

이에 따라 최남선은 "노래 부르기를 좋아하는 국민(國民)이요 또 민족(民族)"[25]이라는 점을 들어, '부르는 시조'를 강조한다. 그에게 있어 단군으로부터 시작된 노래를 즐겨 부르는 민족성이 자연스럽게 발현된 것이 시조임은 틀림없지만, 시조와 민요의 상관성 혹은 시조 텍스트와 시조창의 관계는 염두에 두지 않았다. 그가 몰두했던 것은 오로지 '조선적인 것'의 발현이었다.

1920년대에 들어 외래적인 것과 신시(新詩)에 대항할 수 있는 새로운 문학 장르의 필요성은 전통 시가의 재발견이라는 명목으로 강조되었고, 조선의 언어와 형식에 근간한 국민문학, 근대적인 민족문학으로 시조가 호명되었다. 물론 최남선의 글과 작품이 그 '시발점'이었지만, 계급문학파와 대립각에 서 있던 국민문학파는 민요시운동과 시조부흥운동을 실천 논리로 내세우며 민족문학 설립에 앞장서고자 했다. 시조 부흥을 위한 연구와 논의들은 이때를 기점으로 폭발적으로 증가했고, 지금의 현대시조가 이때 '탄생'되었다.

25) 최남선, 「時調胎盤으로의 朝鮮民性과 民俗」, 『조선문단』 17호, 1926. 6.

이병기, 이광수, 조윤제, 이은상 등의 시조부흥론자들은 고시조와 현대시조가 분리되는 지점에 몰두했고, 마침내 고시조와 현대시조의 경계선을 찾는다. 그것은 '부르기'와 '짓기', '노래'와 '읽기'의 차이였다. 시조부흥론자들은 '시가(詩歌)'에서 '가(歌)'를 분리하고 '시(詩)'를 강조하는 수순으로 시조를 국민문학이자 근대문학으로 만들어나간다. 고시조가 노래였다면, 현대시조는 문학이었던 것이다. 최남선은 바로, '문학으로서의 시조' 부분을 간과했던 것이다.

오늘날부터의 時調의 生命은 그 唱보다도 그 作으로 하여 延長을 시키지 않으면 아니될 것입니다. 이것은 오늘날 趨勢만 따르자는 것이 아니라, 워낙 時調를 그것으로 보아 그렇지 않을 수 없는 것입니다. 비록 時調를 한 音樂으로 하여 그 生命을 永遠하게 전한다 하더라도 그는 한 音樂이 되었을 뿐이고 文學으로서의 그것은 아니될 것 입니다. 우리는 곧 音樂으로서의 時調보다도 한 文學으로서의 그것을 意味하여 말하는 것입니다.[26]

시조부흥론자들은 고시조와 현대시조의 시간적 격차를 공간적 격차로 격상시킨다. 시조가 노래(음악성)를 전제로 한다는 점에 대해서는 공통된 견해를 보이지만, 최남선이 끝까지 '부르는 시조'를 강조한 것에 비해, 이광수와 이병기 등은 '짓는 시조', '읽는 시조'를 강조한다. 이제 현대시조는 음악이 아닌 문학으로서의 시조, 부르는 시조(唱)가 아닌 짓는 시조(作), 읽는 시조로 전환된 것이다. 시조부흥론자들은 노래로서의 시조와 문학으로서의 시조를 구분하면서 곡조를 제거한 고시조가 현대시조의 형식을 제시해 줄 것으로 생각했

26) 이병기, 「時調와 그 硏究」, 『학생』, 1929. 4

다. 이들은 고시조^(시조창)에서 현대시조의 기원을 찾았고, 시조창으로부터 악곡을 제거한 형식을 제시하며 새로운 조선 시형을 모색하였다. 그것이 현재까지 창작되고 발표되고 있는 '현대시조'다.

특히 이병기는 시조가 노래 부르기 위한 것인데, 고시조는 즉흥적으로 창작된 노래로서 내용이 단조롭고 빈약하다고 말한다. 이에 따라 시조 연구의 필요성을 천명하고, 이은상 역시 고시조와 '신시조'의 차이를 '가곡(歌曲)'과 '낭독(朗讀)'에서 찾았다. 고시조의 창작 기반은 곡조에 있었지만, 신시조는 낭독할 것을 바탕으로 창작하자는 것이다.

결국 이들이 고시조에서 현대시조의 형식을 추출해 내려는 것은 시조의 전통성과 연속성을 확보하려는 의도에서 기획된 것이지만, 형식이 비교적 자유로운 엇시조나 사설시조 등은 연구 대상에서 배제하였다. "일반(一般)에게 필요(必要)한 형식(型式)만을 건안(建案)"[27]하는 것이 급선무였기 때문이다.

또한 이들은 자신들이 제시한 시조의 형식을 준수한 작품을 현상 공모해서 문단 등용문의 과정을 제공하기도 했다. 잡지사와 신문사에서 전개한 〈독자문단〉, 〈현상문예〉 등의 제도가 바로 그것인데, 이 과정은 국민문학으로서의 시조를 만들기 위한 제도적 장치[28]였다.

이러한 일련의 과정을 거쳐 지금의 현대시조가 '탄생'된 것이다.

---

27) 이은상, 「時調短型 芻議(一)」, 「동아일보」, 1928. 4. 18.

28) 배은희, 「근대시조의 표현양태 변모과정 연구-구술성과 문자성을 중심으로」, 「한국시가연구」 36, 한국시가학회, 2014, 256쪽 참고.

5. 민족주의자 VS 시인

개항이 되고, 중국 중심의 문화에서 벗어나기 시작한 1900년대, 일반 대중에게 친숙해야 했고, 계층을 막론하고 짓기 쉬운 글쓰기 장르가 필요했다. 문화가 권력이라는 것을 인지하기 시작한 것이다. 이에 따라 고시조를 패러디한 개화기 시조가 1910년대에 폭발적으로 증가했다. 그러나 그것은 문학 장르에 대한 이해보다는, 일반 대중을 선동하고, 여론을 만들기 위한 일종의 계몽주의에서 발현된 것이었다. 그러나 시조에 관한 미학적인 연구와 문학에 대한 이해가 부족했으므로, 그다지 오래 가지'도' 못했다. 그렇게 시조는 고전문헌의 기록으로만 남게 되었다.

그리고 10여 년이 지나 최남선이 나타났다. 1926년 『백팔번뇌』를 발간하면서 본격적으로 '시조부흥운동'을 이끌어 낸다. 국민문학파는 계급문학과 대립할 수 있는 글쓰기가 필요했고, 이들은 최남선과 함께 시조부흥운동에 적극 개입하고 전개해 나간다. 오히려 최남선은 거대담론과 친일 행적으로 시조와 멀어지게 되지만, 이제 바통(bâton)을 이병기를 비롯한 시조시인들이 이어받는다.

최남선이 아니었다면, 일어나지 않았을지도 모른다. 그러나 최남선의 시조에 대한 이해는 문학 장르로서의 이해보다는, 문화로서의 이해에 더 가까웠다. 그것이 최남선의 한계라고 한다면, 지금 우리가 다시 보아야 할 것은 그와 같은 문제가 아닐까. 민족과 문화의 문제. 만들어진 전통(앤더슨)이라는 문제에서 시조는 늘 벗어날 수 없으니, 과연 전통적인 문학 장르가 필요한 것인지, 아니면 지금 창작되고 발표되는 시조가 과연 전통적인 문학 장르인지를 따져 봐야 하는 문제가 도래하였다. 이를테면, 시조를 쓰는 사람이 전통을 지키는 사람인가, 아니면 미학을 추구하는 사람인가. 전자는 민족주의가 될 것이고, 후자는 시인이 될 것이다. 아마, 최남선도 이와 같은 고민을 꽤 오래 했을 것이다.

조선은 중국과 동등하거나 우월한 동이 문화를 이룩했고, 조선과 일본을 포함한 문화권이 제시되었다. 이는 조선 문화가 일본 문화보다 앞서 있다는 것을 증명하기 위한 주장이라고 할 수 있는데, 이러한 논의는 '민족'이라는 특수성이 아닌 인류 보편성에 기반을 두고 있다는 점에서 획기적이었으나, 다른 한편으로는 식민사관에 경도되기 쉬운 위험한 논리이기도 했다.

동아일보 1922년 11월 21일 자에 게재된 단군 영정

단군

최남선, 단군신화를 연구하다 식민사관에 빠지다

단군

최남선, 단군신화를 연구하다 식민사관에 빠지다

1. 지사와 학자 사이

1949년 60세의 최남선은 반민족행위자처벌법으로 이광수와 함께 체포되어 서대문 형무소에 수감되었다. 그리고 그는 옥중에서 「자열서(自列書)」를 재판소에 제출하였다.

"다만 조선사편수회 위원, 중추원 참의, 건국대학 교수 이것저것 구중중한 옷을 열 벌 갈아입었으면서, 나의 일한 실제는 언제고 시종일관하게 민족정신의 탐토(探討), 조국 역사의 건설 그것밖에 벗어진 일이 없었음은 천일(天日)이 저기 있는 아래 엄연히 명언하기를 꺼려하지 않겠다. 그러나 또 분명히 나는 조선 대중이 나에게 기대하는 점, 어떠한 경우에서고 청고(淸高)한 지조와 강렬한 기백을 지켜서 늠호(凜乎)한 의사(義士)의 형범(型範)이 되어 달라는 상식적 기대에 위반했다. 내가 변절한 대목 곧 왕년에 신변의 핍박한 사정이 지조냐 학자이냐를 양자 중 기일(期一)을 골라잡아야 하게 된 때에, 대중은 나에게 지조를 붙잡으라 하거늘 나는 그 뜻을 휘뿌리고 학업을 붙잡으면서 다른 것을 버렸다. 대중의 나에 대한 분노가 여기서 시작하여 나오는 것을 내가 잘 알며, 그것이

자열서 전문(손자 최학주 보관 원문)

또한 나를 사랑함에서 나온 것임을 잘 안다"[29]

3.1운동으로 투옥 중일 때의 최남선

최남선은 민족정신의 탐구(探討)와 조국 역사의 건설만을 목적으로 살아왔다고 항변한다. 그러나 그는 대중이 요구하는 '지사(志士)'의 길을 선택하지 않고 '학자(學者)'의 길을 선택했고, 그 때문에 자신이 지탄의 대상이 되고 있다는 사실을 명확하게 인식하고 있다. 한때 민족 대표 33인이었으며, 한국의 독립을 선언하는 〈기미독립선언서〉의 조판을 신문관에서 직접 짜면서 옥고까지 치렀던 '청년들의 우상' 최남선. 암울한 식민지 조선을 극복할 수 있는 주체 '소년배(少年輩)'를 호명하고 예찬했던 최남선. 민족정신의 총화이자 상징이었던 단군 연구를 비롯해 조선학 연구를 주도했던 국학자 최남선. 그토록 민족주의자로서의 면모를 보여 줬던 그가 무슨 이유로 친일(親日)로 돌아서게 되었을까.

---

29) 최남선, 「자열서」, 『육당최남선전집 10』, 현암사, 1973, 530~533쪽.

조선사편수회 야유회 사진

1928년 10월 최남선은 일제가 한국사를 왜곡하기 위해 설치한 '조선사편수회'에 들어가면서 그를 선구자이자 지식인이라 믿었던 조선인들은 점차 실망하기 시작했다. 물론 '여전히' 최남선의 조선사편수회 활동을 친일 행위로 비판하는 견해와 조선 역사와 문화 연구에 업적을 세웠다는 긍정적인 견해가 첨예하게 대립하고 있다. 그러나 중추원 참의를 거쳐 일본이 세운 괴뢰국 '만주국'의 건국대학 교수로 부임하면서 일제 침략을 옹호하는 글들을 발표했던 삶의 궤적을 염두에 둘 때, 결과적으로 최남선은 1928년 이후 친일의 도정(道程)에 올라탔음은 부정할 여지가 없다.

"나는 일본에 붙은 반역자가 미친 소리로 시끄럽게 짖어 댄 흉서를 읽고 싶지 않다. 〈기미독립선언서〉가 최남선의 손에서 나오지 않았는가? 이런 자가 도리어 일본에 붙은 역적이 되다니 만 번 죽여도 지은 죄가 남을 것이다"[30]

"최남선 군은 한때 청년들의 우상이었다. 몇 년 전 그는 연희전문의 초빙을 마다하고 중추원 조선사편수회 직책을 수락했다. 그는 연력이 많고 적음에 상관없이 스스로를 애국자라고 자부하는 사람들 사이에서

---

30) 심산사상연구회 편, 『김창숙』, 한길사, 1981, 252~253쪽 ; 류시현, 『최남선평전』, 한겨레출판, 2011, 192쪽 재인용.

암적인 존재로 전락했다."[31]

춘원 이광수(1892~1950)

그의 행적과 활동에 실망감을 드러낸 이들의 실망감과 분노는 더욱 커졌고, 마침내 최남선은 식민지 근대지식인 1세대 중 춘원 이광수와 함께 '변절자' 혹은 '배신자'의 아이콘이 되어 버리고 말았다. '지사의 길'을 버리고 선택했던 '학자의 길'이 도대체 무엇이기에 식민지 청년들의 우상이자 민족주의자였던 최남선을 배신자로 만들었을까.

2. 신화 VS 역사

최남선의 생애는 통상 1928년 10월을 분기점으로써 이전은 민족주의자로, 이후는 친일파로 구분한다. 그렇다면 그의 변절은 경제적 궁핍이라는 외적인 요인에 의한 것인지 먼저 검토해 볼 수 있다. 그가 1925년 『시대일보』의 실패 때문에 상당한 빚을 지게 되어 경제적으로 매우 궁핍해진 것이 사실이지만, 그것보다도 사상의 변화가 더 큰 영향을 주었을 것이다. 이른바 '조선학'에서 '동양학'으로의 이동이 그것이었다. 중국 중심의 중세적인 보편주의에서 벗어나 더욱 근대적인 보편성과 특수성을 담지한 조선학 연구에 매진하였지만, 최남선 자신도 모르게 식민지 제국주의 논리에 포섭당할 수밖에 없는 궁지로 스스로 내몰렸던 것이다.

31) 김상태 편역, 『윤치호 일기』, 역사비평사, 2001, 336쪽 ; 류시현, 위의 책, 192쪽 재인용.

특히, 최남선은 조선 민족의 정체성을 확보하기 위해 조선광문회와 조선사편수회 활동을 통해 근대 최초로 '단군' 연구에 몰두하였고 많은 성과를 얻은 것도 사실이지만, 결국 단군은 조선 민족의 정체성이 아닌 동아시아 문화의 보편성을 담보하는 존재로 귀결되고 말았다. 이른바 '대동아공영권(大東亞共榮圈)'이라는 일본 제국 논리에 편입된 것이다. 조선학에서 동양학으로 흘러갈 수밖에 없는 그의 논리, 그 논리의 흐름이 그의 생애(生涯)까지 바꿔 놓았다고 말해도 지나치지 않을 것이다.

최남선은 조선사편수회에 들어가기 1년 전인 1927년 「불함문화론(不咸文化論)」(부제-조선을 통하여 본 동방 문화의 연원과 단군을 계기로 한 인류 문화의 일부면)을 『조선급조선민족(朝鮮及朝鮮民族)』(조선사통신사 간행) 제1집에 일문(日文)으로 발표한다. 근대 최초로 단군이라는 조선 민족 특수성을 인류 문화 보편성의 수준까지 끌어올린 것이다. 특히 그는 인류학, 비교종교학, 비교언어학, 역사학, 문자학, 지리학 등 당대의 최신 인문학 방법론을 사용하여, 그동안 '신화'와 '종교' 차원으로만 언급되었던 단군을 '역사'와 '문화'의 차원으로 격상시킨다. 당시 학문 수준에서는 굉장히 진보적이고 독보적인 업적이 아닐 수 없었다.

오죽했으면, 이광수와 최남선의 친일 행적을 문제 삼아 이들의 서적을 학원 교과서나 부교재로 사용하지 않기로 결정했지만, 최남선의 역사 및 지리와 관련된 저서는 교육 현장에서 한동안 계속 사용되었다고 한다. 당대의 학문은 최남선의 수준을 도저히 따라잡을 수 없었던 것이다. 예를 들어, 신채호나 박은식, 정인보 등도 역시 일선동조론을 깨뜨릴 목적으로 한국의 고대사를 연구하고 글들을 발표했으나 이들의 연구 방법론은 '민족심'을 고취하는 민족주의

적 감정의 발로(정인보, "단군이 조선의 시조이심과 조선이 단군의 연육인 것은 논명(論明)을 기다릴 일이 아니다")

에 머물 뿐, 근대적인 '이론'의 차원까지는 나아가지 못했던 것이다.

동아일보 1922년 11월 21일자에 게재된 단군 영정

학자들의 식민사관인 단군말살론, 일선동조론, 문화적 독창성 결여론 등에 자극을 받았고, 특히 역사학자 시라토리 구라키치(白鳥 庫吉)의 식민사관에 맞서 싸웠다. 시라토리는 「단군고(檀君考)」(1894)에서 『삼국유사』에 근거한 단군은 불교 설화로 가공된 '신화'에 불과하며 이것은 '역사'가 아님을 주장했다. 시라토리는 중국 측 기록에서 단군을 찾아볼 수 없다는 점을 들어 단군은 역사적 실존인물이 아닌 후세에 만들어진 신화적 대상이라는 것이다. 단군의 역사적 사실성을 삭제하는, 이른바 '단군말살론'이 바로 그것이다.

안타깝게도, 이러한 식민사관의 잔재는 지금도 여전히 남아 있다. '단군신화'라는 말이 그것이다. 이에 문제 삼은 한국의 역사학자들은 '단군신화'가 아닌 '단군의 건국사화'로 수정할 것을 주장하기도 하였다. 그동안 우리가 교과서에서 배워왔던 단군—환웅과 곰이 결합하여 단군왕검을 낳았고, 단군왕검이 고조선을 세웠다는 신화, 혹은 곰족(곰을 숭상하는 집단)이 호랑이족(호랑이를 숭상하는 집단)과의 투쟁에서 승리하여 이주민 집단인 환웅 집단과 곰족 중심이 결합하여 새로운 나라가 세워졌다는 학설 등—은 말 그대로 '신화(神話 : 종교적 교리 및 의례의 언어적 진술)'였던 것이다.

최남선은 여기서 고민한다. 민족주의로는 단군말살론에 '학문적 (근대적)'으로 대처할 수 없고, 이에 동조하면 조선 민족의 정통성이 무너지는 동시에, 일선동조론 즉, 역사적으로도 일본의 속국(屬國)이 되어 버린다. 한국의 역사가 '단군조선'에서 시작하지 않는다면 '기자조선', '위만조선' 등 외부에서 유입된 세력이 기원에 놓이게 되며, 일본의 식민사관인 만선사관(滿鮮史觀, 만주와 조선의 역사는 하나)에 포섭될 수밖에 없다. 그는 고심 끝에 다음과 같이 시원한 해결책을 내놓는다.

> "신화와 역사와의 관계에 대해서는 일별하지 않으면 안 되겠다. 지금이기에 역사와 신화는 뚜렷이 별개의 것으로 되어 있지만, 그것이 고대문화 중에서는 둘이면서 하나, 하나이면서 둘이라는 불가분의 것이기도 하고, 따라서 양자의 경계 등도 거의 없었던 것이다. 그것은 신화 그대로를 진실이라고 믿는 그들에게는 신화가 곧 역사였고 별도로 사실의 기록이란 요구가 없었으며, 그것이 그대로 후세의 역사에 넘겨져서 고대의 일은 자칫하면 신비, 기괴한 것이라 하였다. …(중략)… 요컨대 신화는 고대인이 신념적으로 만들어 내고 또한 구전한 역사로서, 근대인의 소위 역사가 아님은 새삼스러이 말할 필요도 없다. 따라서 우리들이 신화에 구하여야 할 것은 그 사실성 여하보다도 오히려 어떤 일에 대한 그들의 이념성을 보는 것이라고 말할 수 있는 것이다"[32]

쉽게 정리하자면, '신화는 역사가 아니다'라고 주장하는 것은 현대인의 관점에 의한 것이지만, 고대인의 관점에서 보자면 '신화는 역사이다'라는 주장도 가능하다[33] 는 것이다. 즉, 고대인의 관점에서

---

32) 최남선, 「만몽문화」, 『전집 10』, 356쪽.
33) 오문석, 「민족문학과 친일문학 사이의 내재적 연속성 연구―최남선을 중심으로」, 『현대문학의 연구』, 30, 2006, 351쪽 참고.

는 신화와 역사가 구별되지 않으므로, 현대인의 관점에서 볼 때 신화는 역사적 사실로 충분히 볼 수 있다는 것이다. 이로서 단군은 신화적 인물이 아니라 역사적 인물로 자리매김을 받을 수 있었고, 이에 따라 조선은 독자적인 역사성을 가질 수 있게 되었다. 이른바 '조선학'이라는 새로운 고유명사가 최남선에 의해 탄생하였다. 그는 일본문화의 기원을 조선의 문화와 사상 일체로 보았고, 조선 서적이 일본으로 수입되어 일본문화의 토대가 형성되었음을 주장하였다. 이는 일제 식민사관에 대한 통쾌한 복수극이었다.

3. 불함문화권

최남선은 1910년대 초부터 조선 팔도의 문화재 및 명승지를 발굴하면서 이들에서 '민족적인 것'을 '발견'하려 했다. 이 민족적인 정서를 노래한 것이 시조집 『백팔번뇌』(1926, 동광사)였다. 이윽고 그는 '조선심(朝鮮心)'을 조선 강토에서 찾아낸다.

조선의 국토는 산하 그대로 조선의 역사며 철학이며 시며 정신입니다. 문자 아닌 채 가장 명료하고 정확하고 또 재미있는 기록입니다. 조선인의 마음의 그림자와 생활하는 자취는 고스란히 똑똑히 이 국토의 위에 박혀 있어, 어떠한 풍우라도 마멸시키지 못하는 것이 있음을 나는 믿습니다.[34]

역사, 즉 '기록'은 언어로 구전되거나 문자로 서술되기 이전부터

---

34) 최남선, 「심춘순례」, 『전집 6』, 259쪽.

국토에 새겨져 있다는 그의 논리는 그대로 단군의 역사적 장소로 이동하게 된다. 그는 단군이 역사적 인물이었음을 증명할 수 있는 역사적 장소를 발굴하고 이들을 통해 단군의 실재성을 부각하는 동시에, 그로부터 계승된 문화와 민속 등을 역사적 사실로 간주하게 된다. 이에 따라 일본은 역사적 장소를 침탈해 가거나(이를테면, 광개토대왕릉비를 일본으로 가져가서 임나일본부설을 완성하려고 시도한 사건), 역사적 사실 자체를 왜곡(歪曲 : 사실과 다르게 해석함)하는 방법만 남게 되었다.

그리고 이제 최남선은 단군이 시작된 곳, 조선의 역사가 시작된 곳을 향한다.

"여러분도 다 아시는 바와 같이, 조선 안에 있는 산으로 이름 있는 것에는 모두 白이란 글자가 씌어져 있습니다. 혹은 태백이라든지, 소백이라든지, 백두라든지, 백악이라고 부르고 있습니다. 이와 같은 문자는 각각 다르지만 모두 白이란 문자가 사용되어 있습니다. …(중략)… 그렇다면 白이란 뜻은 어디서 온 것인가 할 것 같으면, 오랫동안 여러 가지로 생각하여 본 결과, 조선의 명산에 白이란 글자가 붙어 있는 것은 결코 우연한 것이 아니라 이에 필연적인 이유가 있음을 알게 되었습니다."[35]

최남선은 태백산(太白山), 소백산(小白山), 백두산(白頭山) 등 '백(白)' 자가 들어간 산이 전국 각지에 많은 것이 결코 우연이 아님을 지적한다. 그는 '백(白)'이라는 한자어가 '붉' 혹은 '붉은'이라는 조선의 고어에서 파생된 것임을 확인하고, 그 '붉'은 'Părk'으로도 표기되며, 그 안에 '신(天神, 고대로부터 태양을 부르는 성스러운 말)'이라는 뜻도 숨기고 있다는 것을 확인한다. 그는 이러한 '붉산' 혹은 'Părk산'을 '불함산'으로

---

35) 최남선, 「조선의 고유신앙」, 『전집 9』, 250~251쪽.

명명하며, 단군건국사화의 태백산(지금의 백두산)이 바로 '불함산'임을 밝힌다. 더군다나 '붉'과 '붉은'이라는 우리말 어원의 변형체는 일본의 가나문자권을 비롯하여 몽고어, 만주어 등에서도 두루 발견됨을 확인[36]하고, '몽골, 만주, 조선, 일본, 유구(오키나와) 등을 한 지역을 묶어 '불함문화권'이라 지칭하였다.

그는 인류학 및 문자학 등의 근대적 학문 방법론으로 조선 주변 지역의 지명들을 분석하여 서쪽으로는 유럽 남동부 흑해(黑海)로부터 동쪽으로는 일본과 한국을 포함한 광대한 지역이 모두 불함문화권에 속하는 것으로 파악했다. 따라서 그는 고대 아시아에서 동쪽으로 이동해 온 문화가 조선에서 모두 집결하고 화합해서 동방문화의 대표국이 되었고, 그 근원을 태백산에서 역사의 시초를 열었던 단군으로 보았다. 일본은 그 동방문화를 전수받았을 뿐이라는 것이다.

이에 따라 조선은 중국과 동등하거나 우월한 동이 문화를 이룩했고, 조선과 일본을 포함한 문화권이 제시되었다. 이는 조선 문화가 일본 문화보다 앞서 있다는 것을 증명하기 위한 주장이라고 할 수 있는데, 이러한 논의는 '민족'이라는 특수성이 아닌 인류 보편성에 기반을 두고 있다는 점에서 획기적이었으나, 다른 한편으로는 식민사관에 경도되기 쉬운 위험한 논리이기도 했다. 그의 논리에 따라 민족이 아닌 문화를 중심으로 사고하면, 문화의 공유 내지는

대동아공영권

36) 오문석, 앞의 글, 353~354쪽 참고.

전파를 쉽게 인정할 수 있지만, 그 중심을 일본으로 옮겨 가면 사정이 달라지기 때문이다. 최남선의 논리 그대로 문화의 중심권을 조선이 아닌 일본으로 설정하면, '대동아공영권'이 되어 버린다. 실제로 최남선 역시 식민 지배 기간이 길어질수록 일본보다 문명과 문화가 뒤떨어져 가는 조선의 현실에 대해 명확히 인식하고 있었다. 이에 따라 그의 의도와 상관없이, 자연스럽게 불함문화권의 중심은 일본으로 흘러갈 수밖에 없다. 이 지점이 최남선 논리의 허점이었고, 조금만 발을 헛디디면 친일로 빠지게 되는 위험한 샛길이 되었다.

그는 1920년대 중반까지 조선인이 조선학을 완성해야 한다는 관점에서 일본인 주도의 조선사편수회 작업에 대해 비판적인 태도를 보였다. 그러나 1928년 10월, 그가 조선사편수회에 들어가게 된 이유가 어쩌면 조선인인 자신이 직접 조선학을 완성해야 한다는 사명감에서 비롯된 것은 아닐까. 조선사편수회에 들어간 후에도 최남선은 단군에 계속 몰두했기 때문이다. 그는 1933년 8월 조선사편수회 7차 위원회에서 "단군과 기자는 역사적 실재 인물인가 신화적 인물인가, 그것은 하나의 연구 과제입니다만 적어도 조선인 사이에는 그것이 역사적 사실로 인식되어 왔던 것입니다. 그런데 본회 편찬의 〈조선사〉에 그것을 집어넣지 않은 것은 우리 조선인으로서는 매우 유감스러운 일입니다."라고 밝혔다.[37]

그는 끝내 조선사편수회에 들어간 이유를 밝히지 않았지만, 최남선이 끝까지 붙들려고 했던 조선학이, 오히려 최남선의 삶을 붙들고 있었던 것은 아닌가 한다.

---

37) 류시현, 앞의 책, 175쪽 재인용.

4. 동양 대표, 일본

최남선은 1939년 4월 만주국의 수도 신징(新京)에 있는 만주 건국 대학의 교수로 부임하게 된다. 그는 조선사편수회에 들어갈 때처럼 이유를 밝히지 않았지만, 만주국 외무국에서 외교관으로 활동했던 매제 박석윤의 권유가 한 계기가 되지 않았을까 추측하기도[38] 한다. 만주 건국대학 교수로 부임하게 된 최남선을 향한 조선인의 실망과 분노는 극에 달했음을 두말할 나위가 없다. 그리고 만주로 삶의 터전을 옮긴 그는 서서히 '조선인'의 역사가 아니라 '동양인'의 역사를 생각하게 되었다. 그 당시 친일 행적을 남긴 문사 혹은 지사의 변론에서 드러나듯이, 영원히 일제의 식민지로 조선이 전락해 버려 조선의 해방은 꿈에도 생각하지 못했기 때문일지도 모른다.

그는 이제 일본과 러시아의 대결을 민족이 아닌 문화 혹은 인종 간의 대립으로 보았다. 동양에 대한 서양의 위협. 그는 러일전쟁을 동양을 '대표'하는 일본이 서양을 물리친 사건으로 보았다. 따라서 일본의 중국 동북 지역인 만주 침략은 정당하다고 볼 수밖에 없었고, 그가 만주 건국대학 교수로 부임하는 것은 명분상 정당했을 것이다. 서양과 맞서 싸우기 위해 동양 대표가 세운 만주국. 일본인과 조선인 그리고 만주인이 함께 있는 곳. 이곳이야말로 '역사적인 현장'이 아닌가.

"일본의 존재와 발흥은 아시아의 기운이요 동방의 빛이요, 그래서 유색 인종의 기쁨을 외치고 일어나서 그를—일본을 맹주로 하여 일대 대동단

---

38) 류시현, 앞의 책, 180쪽 참고.

결을 만들어서 백색 인종에 대하여 우리 동양의 역사와 생활과 영광을 확보할 좋은 기회임이 물론입니다. …(중략)… 동양 안정의 책임자, 동양 평화의 수호자인 일본제국의 대방침은 단정코 이것이 있을 뿐임을 단언하는 우리는 무엇보다도 북지사변을 도의적으로 인식하여 충심으로부터 국민으로의 당연한 책무를 적극적으로 다하기를 기약할 것입니다"[39]

공교롭게도 8.15 광복과 같은 날인 8월 15일 자 『매일신보』에서 최남선은 일본을 '아시의 기운', '동방의 빛'으로 예찬한다. 따라서 '동양 안정의 책임자'이자 '동양 평화의 수호자'인 일제의 전쟁에 조선인이 참전하는 것은 '성전(聖戰)'에 참여하는 것과 같이 성스러운 국민의 의무를 다하는 것이 된다. 그는 이제 본격적으로 조선인 학병 독려 활동을 전개한다. 태평양전쟁에 참여하고 독려하는 글을 『매일신보』 등과 친일 성향의 잡지에 발표했고, 1943년 '조선학도 궐기대회'에서 허리띠가 끊어질 정도로 열변을 토하기도 했다. 일본의 패망이 예견되는 1945년 1월에도 그는 일본의 가미가제 정신을 이어받아야 한다고 주장하기도 했다.

1943년 조선학도 궐기대회 연설 후의 대담
(왼쪽부터 최남선, 이광수, 마해송)

"우리들이 대동아전쟁의 진두에 선다는 것은 …(중략)… 우리 조선 사람의 입장에서 본다면 또 하나의 간절한 기대가 담겨져 있다. 그것은 우리들의 잃어버린 '마음의 고향'을 발견하는 것이요, 잠자는 혼을 깨우쳐 우리들 본연의 모습으로 돌아가는 길이다 …(중략)… 가마쿠라 무사들과 나

39) 최남선, 「내일의 신광명 약속, 백화, 적화 배제의 성전재전」, 『매일신보』, 1937년 8월 15일.

란히 세계 역사상 무사도의 쌍벽이라고 일컬어 온 고구려 무사, 신라 무사의 무용성을 되찾아, 그 씩씩한 전통을 우리들의 생활 원리로 하여, 우리들의 정신적 부활을 꾀하는 것이다. 오랫동안 우리들에게 요망되어 오던 바대로 그 절호의 기회가 왔다. 대동아 전장에 그 특별 지원병으로서의 용맹한 출진에 의하여, 이것을 발견할 수 있게 되었음을 나는 통감하는 바이다"

고구려 무사와 신라 무사의 용맹함, 이를테면 고구려의 조의선인과 신라의 화랑정신을 일본의 가미가제정신과 동일시하는 지경에 이른다. 조선의 역사는 어느새 일본의 역사가 되었고, 조선의 단군은 일본의 단군이 되었다. 특히 「신 그대로의 태고를 생각한다」(1934)에서는 일본과 한국의 문화가 같은 곳(태고)에서 나왔다고 말하면서 조선인의 분노를 샀고, 「조선 문화 당면의 과제」(1937)에서는 조선 문화를 일본화하는 것이 조선 문화의 당면 과제로 들었다. 1930년대 중반으로 넘어가면서 최남선은 노골적으로 조선 고유의 신앙이 일본과 같다고 보면서, 조선인이 일본인이 되는 것을 '신도(神道)'로 볼 지경에 이르렀다.

이제, 최남선이 조선을 중심으로 했던 불함문화권은 일본을 중심으로 한 대동아공영권 치환되었다.

5. 민족의 죄인

채만식은 1948년 「민족의 죄인」이라는 중편소설을 발표하며 자신의 친일 행적을 반성하고자 했다. 그는 일제의 황민화 운동에 대한 지식인의 대응 방식을 1)은둔적 절필, 2)소극적 순응, 3)적극적 동조로 구분하고, '민족의 죄인'이라는 수치스런 이름으로부터 자유롭지 못한 식민지 지식인들은 이에 합당한 '법적 처리' 절차를 기다려야 했다. 물론 정부 수립과 좌우익 갈등 때문에 공소시효가 앞당겨지고 상당수 혐의자가 불기소 처분되거나 병보석 등으로 석방되었지만, 이들에 대한 역사적 평가는 지금도 진행 중이다.

최남선은 해방 후 한국의 역사와 문화와 관련된 저술에 매진하였다. 일본의 부정적인 이미지를 강조하고 해방된 조선은 긍정적으로 묘사하였다. 예컨대, 그는 일본이라는 국호를 신라가 만들어 주었다고 주장하거나, 백제가 일본에 고등 문화를 전파한 사례를 통해 문명화된 한반도에 비해 일본을 미개한 국가로 묘사[40]했다. 이에 따라 그는 국권 침탈을 단군으로부터 이어진 역사적 흐름이 단절된 사건으로 보았으나, 역사는 그의 말처럼 단 한 번도 '단절'된 적이 없다. 그는 우파적인 성향의 민족주의자들로부터 공감대를 얻기 위해 고구려의 옛 땅이었던 간도 지역에 진출해야 한다는 식의 논리를 전개하면서 자신의 친일 행적에서 돌아서기 위해 고군분투했다. 그 당시 친일을 했거나, 일제 침략을 미화(美化)했던 대부분의 '변절자'들이 감내해야 했던 과정이었고, 최남선 역시 그와 같은 노선을 따랐다.

그는 해방 후 반민족행위자처벌법으로 1949년 2월 체포되었지만, 얼마 지나지 않아 보석으로 풀려났고, 한국전쟁 때는 해군전사편찬위원회 일을 맡았다. 휴전 후 서울시 시사편찬위원회 고문을 맡고 육군대학에서 한국사를 강의했던 그는 1955년 4월 뇌내출혈

---

40) 최남선, 「국민조선역사」, 동명사, 1947, 22쪽.

로 쓰러졌고, 1957
년 10월 10일 68세
의 나이로 삶을 마
감했다. 사망 일시
를 쓰는 것만큼 한
사람의 생애를 깔끔
하게 정리할 수 있

반민족행위자처벌법 법정에 최남선

는 문장은 없지만,
역사는 여전히 정리할 수 없으며 정리되지도 않는다.

서구의 근대적 문명을 일본 유학을 통해 접한 식민지 1세대 지식
인들은 조선이 일본의 군사력, 경제력 등 모든 영역에서 압도당하고
있다는 것을 명확하게 인식했다. 그 상황에서 우위를 확인하거나
'발견'할 수 있는 영역은 오로지 '문화'뿐이었다. 이에 최남선은 신문
관을 건립하여 근대적인 출판물을 보급했고, 근대적인 학문 방법론
으로 '조선학'을 갖춰 가면서 일본보다 조선이 문화적으로 앞섰음을
증명하려 했다. 그러나 일제의 식민 지배가 공고해지면서 조선의 모
든 담론은 일제에 포섭당하거나 부정되었다. 본국 일본과 속국 조
선 사이에서 최남선은 손쓸 새도 없이 조선의 문화가 일본으로 점
차 흡수되고 빨려 들어가는 것을 목도(目睹)하고 있었을 것이다. 그것
은 식민지 조선이라는 시대의 한계이자, 식민지 지식인 혹은 '학자'
최남선의 한계이기도 했다.

김억은 시의 정체성으로 음악성을 꼽았다. 그의 번역 활동은 조선어의 음악성에 대한 실험이자 조선어의 가능성을 최대치로 끌어올리기 위한 시도였다. 그는 단순히 외국 시의 의미만 번역하는 것이 아니라, 외국 시가 지닌 리듬을 조선어에서도 구현하려 했다. 이에 따라 그는 한자어나 고유어 사용, 조사와 어미, 리듬을 위한 모든 시적 장치를 모색한다.

〈태서문예신보〉

번역

김억, 번역의 근대화와 조선어의 가능성을 보여주다

번역

김억, 번역의 근대화와 조선어의 가능성을 보여주다

1. 최초의 유학생 그리고 작가의 탄생

19세기 말에서 20세기 초 개화기 조선에는 이렇다 할 기술적·학문적 기초가 부재하였다. 이에 따라 조선 정부와 개화파는 서구의 기술과 문화를 도입하기 위해 선출된 청년들을 미국이나 일본에 유학 보냈다. 또한, 국권 침탈 이후 일본은 서구의 영향으로 선진화된 국가 시스템을 식민지 조선에서도 더욱 효율적으로 운용하기 위해 조선의 국비유학생을 뽑아 자국으로 유학 보내기도 하였다. 그리고 뜻한 바가 있어 직접 일본으로 건너간 이들도 있었다. 일본은 극복해야 할 대상인 동시에 이상화된 서구화, 문명화의 공간이었던 것이다. 조선의 운명을 어깨에 짊어지고 현해탄을 건넜던 청년들, 이들이 유학생의 시초(始初)였다. 그리고 이들로부터 한국의 문학은 새로운 전기를 맞이하게 되었다.

일반적으로 한국 근대문학의 형성 시기를 최남선(「해에게서 소년에게」, 1908)이나 이광수(「무정」, 1917)의 시대를 기점으로 하는데, 일본 지배와 근대화가 겹치는 이 시기는 문화적으로도 무척 중요한 시기라고 할 수 있다. 1900년대 들어 새로운 문학 장르인 시와 소설 그리고 희곡 등이 탄생하였고, 전문성을 띤 '문필가'라는 직업이 최초로 등장하였다. 특히 일본에 유학을 다녀온 '유학파'들은 일본을 매개로 한 서구의 문학작품과 이론을 직접 번역하며 소개하기 시작했고, 서구 문예사조와 조선의 전통 장르가 혼용되고 교섭되면서 소위 '근대문학'이 탄생하였다. 물론 그동안 근

1895년 일본 유학생으로 파견된 학생들(1896년 1월 6일 일본 주재 조선 공사관에서 촬영한 사진)

하워드대학교 연례보고서에 실린 조선인 유학생 사진

대문학과 비슷한 예술 장르가 조선 땅에 없었던 것은 아니었다. 시조와 가사가 있었고, 판소리와 판소리 사설 등이 있었다. 그러나 그것은 구술문화의 영역에 있었고, 개인 서정의 문제보다는 민족과 계층이라는 집단의 서정에 보다 밀착되어 있었다. '전근대적'이라는 말로 설명되는 전통 장르는 이제 '근대적' 장르로 전환된다.

3.1운동을 분수령으로 자아의 각성에서 식민지 상황이라는 현실 문제에 대한 인식으로 확대되면서 문필을 업으로 삼는 '작가'가 출현한다. 양반 계급의 고상한 취미의 영역이었던 시서화(詩書畵)가 아니라, '문단(文壇)'이라는 새로운 사회 집단을 형성하여 자신의 이름을 걸고 작품을 발표하고 비평하는 시대, 이른바 '모던걸', '모던보이'의 시대가 열린 것이다. 양복을 입은 신사와 양산을 쓴 신여성이 거리를 오가고, 경성 한복판으로 인력거와 전차가 다니며, 다방에 모

1930년대 경성   명동의 신여성

여 새 시대와 민족을 위해 열띤 토론을 펼치던 그때. 자유연애라는
개념이 처음 생긴 그때. 그 어느 때보다 낭만이 살아 숨 쉬는 시기
였다. 이러한 모더니티는 일본을 통해 들어온 서구 문물에 의해 출
현한 것이었으며, 그것은 문화적 충격이면서 동시에 '문명개화'라는
발전을 의미하는 것이었다.

　한국 근대시 탄생에서 서구의 영향을 부인할 수'는' 없다. 고대
로부터 계승되어 오던 시가(詩歌)에서 문학 장르라고 할 수 있는 시
(poetry)로 전환되는데 50년도 채 걸리지 않았다. 일본을 매개로 서구,
특히 프랑스 상징주의 시가 유입되면서 이른바 '자유시'라는 새로운
장르가 '발명'되면서 노래와 가창의 전통이 아닌, 읽고 쓰는 활자 시
대가 도래한 것이다. 또한, 신문이나 기관지 등 언론 매체들이 발간
되면서 '대중 교육'이라는 목적성을 강조하는 수단으로 시조나 가사
가 발표되었다. 시조나 가사 등은 대중에게 친숙하면서 접근이 쉬웠
기 때문이다. 그리고 일본 유학생들끼리 일본에서도 동인지를 발간
해 직접 일본어를 번역하여 서구 문학작품을 소개하거나 일본어로
된 작품을 발표하기도 했다.

정리하자면, 한쪽에서는 일본 유학생을 통해 서구의 문예가 소개되고 번역되면서 새로운 시가 형태가 모색되었고, 다른 한쪽에서는 민요와 시조와 같은 전통 문학 장르를 부활시키려는 운동이 동시에 진행되었다. 유럽이나 다른 나라에서 몇백 년에 걸쳐 일어나는 예술 사조의 교섭과 탄생이 우리나라는 불과 몇십 년 안에 일어난 것이다.

다방 '제비'에 모인 이상과 박태원 그리고 김소운

2. 번역의 근대화

개화기 초창기 서구문학의 번역은 무척 서툴렀다. 한일 역본의 중역이거나 한중 역본의 중역 때문에 일본과 중국보다 훨씬 늦게 유입될 수밖에 없었고, 번안과 초역(원문의 축약) 그리고 경개역(줄거리 위주의 번역) 위주였기 때문에 내용 위주의 비전문적, 비체계적 번역이 대부분이었다. 또한 번역 작품 자체가 계몽성 위주로 편중되어 있었는데, 초창기 번역을 했던 지식인들은 문학의 순수성보다는 식민지 조선의 현실을 극복할 수 있는 목적성에 더욱 몰두했기 때문이다. 예컨대 최남선은 잡지 『소년』을 통해 외국의 위인전기를 비롯하여 역사가들이나 정치가들이 쓴 글들을 일부 번역하여 소개하기도 했다. 또한 『걸리버 여행기』나 『로빈손 크루소』 등의 외국 소설을 『소년』에 줄거리만 요약하여 소개하거나, 십전총서(十錢叢書)'로 발간하기도 하면서 외국문학 소개에 앞장섰다. 그러나 이러한 작품들을 소개하려는 저의에는 다분히 고난 극복 모티프를 통해 독자를 계몽시키려는 의도가 숨겨져 있었다.

이윽고, 근대 초기 한국문학사에 한 획을 긋는 한 문예잡지가 창간된다. 1918년 9월 26일자로 창간된 『태서문예신보(泰西文藝新報)』가 그것이다. 당시로써는 획기적인 타블로이드판 8면으로 간행되어 약 5개월 동안 통권 16호를 발행하고 종간되지만, 조선 최초로 외국 시론과 번역소설, 번역시 등이 게재되었다. 번역 1세대라고 할 수 있는 최남선 번역은 근대 계몽의 기획 아래 이루어졌기 때문에 번안과 중역으로 인해 원본에 충실치 못했으나, 『태서문예신보』는 내용과 형식 모두 원본을 충실히 지키고자 했다. 최남선은 주로 영미시나 외국 위인전기를 번역하여 계몽의 효과에 주목했으나, 『태서문예신보』는 프랑스 낭만주의와 상징주의 계열의 작품을 조선인에게 원본에 가깝게 전달하고자 하는 것에 주안점을 두었다.

『태서문예신보』는 '태서(泰西)'라는 말 자체에서 알 수 있듯이 서양의 문예를 주로 소개하고 국내외 문단 사정 등을 게재하였는데, 대부분 시 중심으로 지면이 할애되어 '준 시전문지적' 성격을 띠고 있다. 황석우, 백대진, 김억 등이 주로 작품을 번역하고 발표하였는데, 특히 안서 김억(岸曙 金億, 1896~?)은 베를렌느(Paul Verlaine, 1844~1896)를 위시한 프랑스 상징주의 계열의 시론과 작품을 번역하면서 그는 본격적으로 시창작과 시론 전개에 천착하기 시작한다. 그는 1914년 『학지광』에 작품을 발표하면서 이후 납북되기까지 30여 년 동안 5권의 시집과 13권의 번역시집 등을 남겼다. 외국 역시집은 물론이거니와, 총 6권의 한시 번역 시집(700여 편)도 발간하였다. 물론 번역 시집들에 수록된 적지 않은 작품들이 중복되는 것도 사실이지만, 동시대 다른

번역인 혹은 지식인에 비교할 때 그 분량이나 수준에서 주목할 만
한 성과라고 할 수 있다.

김억(岸曙 金億, 1896~?)   베를렌느(Paul Verlaine, 1844~1896)   『해외문학』 창간호

　뒤이어 1925년 일본 동경에서 '해외문학연구회'가 조직된 이후
'충실한 번역', '정확한 소개', '진지한 연구'라는 세 가지 슬로건을 내
세워 외국문학 수입의 필요성을 제시하고, 『해외문학』(1927년 1월 17일 창
간호 발간, 같은 해 7월 4일 2호 종간)이라는 기관지까지 발행하면서 본격적인
번역의 근대화가 전개된다. 이른바 '해외문학파'의 정인섭, 이헌구(평
론분야), 이하윤, 김광섭(시분야), 김진섭(수필분야) 등 발족 당시 12명의 회
원이 곧 30명에 가까운 인원으로 증가까지 하며 출연하는데, 그들
은 외국문학을 번역함으로써 조선문학의 발전을 바탕에 두고 문학
의 새 지평을 열고자 하는 열망으로 가득했다. 좌익과 우익, 계급문
학파와 국민문학파의 대립이 한창일 때, 해외문학파는 등장만으로
도 주목받기 충분했다.
　이들은 조선문학은 곧 세계문학의 일원이며, 해외문학의 소개와
번역이 조선어를 풍요롭게 해 줄 것으로 믿었다. 이에 따라 그들은
원문에 더욱 충실한 '직역'을 하고자 했으나, 이미 그들의 노정에는

난제(難題)가 도사리고 있었다. 언어가 다르므로, 원전에 충실히 한다는 것 자체가 이미 모순이기 때문이다. 그러나 이들은 기존 이중역과 삼중역의 문단 현실에서 외국문학 원전을 직접 입수하여 번역함으로써 새로운 번역 형태를 취했다는 점에서 의의가 있으며, 조선문학의 르네상스를 위해 외국문학을 수입, 번역해야 한다는 높은 이상을 품었다. 이들은 종간 이후 유학 생활을 마치고 귀국하면서 번역과 더불어 다양한 방식으로 문단에 참여하게 된다.

3. 최초의 찬송가

다시 근대 초기로 거슬러 가면, 새로운 번역 성과를 찾을 수 있다. 바로 찬송가 번역이다. 근대 초기 문명개화에 대한 조선인의 관심은 서구 기독교 문화와 만나게 되면서 자연스럽게 성서와 찬송가라는 문자 텍스트를 접하게 된다. 이 당시 조선은 외국인의 입국을 허용하지 않는 정책을 취하고 있었고, 서양 기독교인들의 조선 선교 활동은 다른 지역과 달리 직접적인 대인 포교 활동보다는 문서를 통한 간접 선교, 즉 성서와 찬송가 또는 소책자들과 같은 문자 텍스트로만 가능했다.

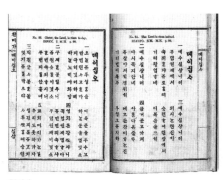

찬미가

최초의 한국어 번역 찬송가는 1892년 존스와 로드 와일러가 편찬한 『찬미가』로서 6판까지 간행되었으며, 두 번째 찬송가인 『찬양가』(1894)는 4판까지, 세 번

째 찬송가인 『찬셩시』(1895)
는 11판까지 발간되었으
며, 이후 1908년에 이르면
한국 개신교 최초의 통일
찬송가인 『찬숑가』는 6만
권이 초판 간행되고 같은
해에 다시 재판 6만 권이
간행되기에 이른다.[41] 이
에 비해 최초로 국문 시가
가 실렸던 『독립신문』(1896)
의 경우 발행 부수가 최대
일 때가 고작 3,000부임을
감안하면, 찬송가의 보급
력은 국문 시가가 수록
된 신문이나 잡지보다 막
대한 파급력을 보여 주고

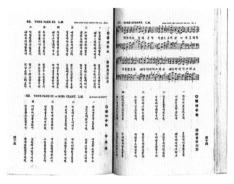

찬양가

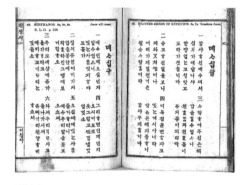

찬셩시

있다. 당시 기독교계 학교에서는 일부 찬송가의 가사나 악보를 가
지고 음악 수업을 진행하기도 하였으며, 찬송가에서 비롯된 후렴구
등의 형식을 차용한 국문 시가도 많이 창작되고 발표되었다.

그런데 초창기 찬송가에는 악보 없이 노래 가사인 문자 텍스트
만 수록되었다가 점차 악보와 같이 수록되었는데, 이는 근대 초기
시 형태에 찬송가 번역이 어느 정도 영향을 행사했다고 볼 수 있다.
찬송가라는 음악 양식이 국문 시가 형태로 번역되면서 음악 곡조에

---

41) 조숙자, 『한국 찬송가 연구 논문집 1』, 장로회신학대학교 교회음악연구원, 1997, 8쪽.

맞추어 조선어의 자수를 대응시키는 작업 자체가 곧 조선어의 리듬과 만나기 때문이다. 물론 그 대응 방식은 단어와 단어의 번역이기보다는 악곡의 음표와 조선어의 음절을 맞추는 것[42]이었기 때문에, 찬송가의 번역 문제를 성급히 국문 시가의 음수율 문제로 환원시키는 것은 곤란하나, 찬송가의 악곡에 조선어를 대응하는 것 자체가 이미 다양한 조선어의 음악성—리듬 문제와 조우하는 일이었다.

> 외국 노래를 가지고 조선말로 번역하고 곡조를 맞게 하여 책 한 권을 만들었으니 …(중략)… 그러나 곡조를 맞게 하려한즉 글자도 정한 수가 있고 자음도 고하청탁이 있어서 언문자 고저가 법대로 틀린 것이 있으니 아무라도 잘못된 것이 있거든 말씀하여 고치기를 바라오며[43]

언더우드는 찬송가의 번역된 가사와 한국어가 조화되지 않음을 번역의 어려움으로 꼽고 있다. 용어 선택의 문제나 적절한 의미 전달의 문제도 그렇지만, 제일 중요하고 어려운 것은 영어와 한국어의 문법적 차이, 즉 리듬의 차이였다. 원문의 의미를 그대로 조선어로 옮기는 문제도 쉽지 않았지만, 악곡의 음표에 따라 음절 단위로 옮기면서 조선어의 통사적 구분은 파괴될 수밖에 없었다. 예컨대, 『찬양가』[1894]의 〈Praise the Lord who made the world〉는 〈이 세상을 내신 이는〉으로 번역되면서 다음과 같은 리듬을 갖게 되었다.

---

42) 오선영, 「율의 번역과 번역의 율」, 『상허학보』 11, 상허학회, 2003, 77~78쪽 참고.
43) H. G. Underwood, 「찬양가 서문」, 『찬양가』, 예수성교회당, 1894.

이-세샹/을-내-/신-이-/는— //
여/호-와-/ㅎ-나/뿐-일-/셰—//
텬-디만/믈-내/신-후-/에— //
일/남-일/녀-시/조-냇-/네— //

통사적 구분과 상관없이 악곡의
2/2박자에 맞춰 한 마디에 '이 세상',
'을 내', '신 이', '는'이 각각 하나의 마

〈이 세상을 내신 이는〉

디 안에서 불려야 했다. 따라서 얼핏 보기에는 4.4조의 전통적인 가
사 율격으로 인식될 수 있지만, 실제 악보에 의한 리듬 실현 방식을
보면 찬송가 가사는 음악적 실현을 전제로 이루어졌음을 알 수 있
다.[44]

이러한 찬송가의 파급력에 영향을 받아 근대 초기의 각종 신문
과 잡지에서는 찬송가의 리듬을 그대로 모방한 작품들이 많았다.
기독교계 학교에서 찬송가를 활용하여 교가를 짓고 음악 수업 교재
로 활용했던 사실과 비슷한 맥락으로, 찬송가를 모방하거나 찬송가
집의 명칭과 곡조를 작품에 표기한 작품도 상당수 존재했다. 즉 음
악의 악곡을 전제로 하되, 시가의 내용은 다양하게 창작되었던 것이
다. 따라서 찬송가를 모방한 작품들이 한국 근대시 태동에 어느 정
도 영향을 주었다는 사실은 부인하기 어려우며, 찬송가 번역이라는
서구의 음악 장르와의 교섭은 한국 근대문학의 출발점에서 중요한
역할을 감당했다.

---

44) 오선영, 「찬송가의 번역과 근대 초기 시가의 변화」, 『한국문학이론과 비평』 42, 한국문학이론과
비평학회, 2009, 149~150쪽 참고.

4. 오뇌의 무도화

다시 김억으로 돌아오면, 김억은 1921년 우리나라 최초의 번역시집인 『오뇌(懊惱)의 무도(舞蹈)』를 발간한다. 주로 프랑스 상징주의 계열의 시들이 번역되었다. 그는 베를렌느의 〈작시법〉을 중심으로 상징주의를 이해했기 때문에 시의 본질을 "관능의 예술"로 정의하고, 그것의 핵심을 "찰나찰나의 자극, 감동되는 정조의 음률"로 파악하여 '암시'와 '몽롱'을 강조하였다. 그리고 이 번역시집은 한국 근대시 형성기에 지대한 영향을 끼쳤다. "『오뇌의 무도』가 발행된 뒤로 새로 나오는 청년의 시풍은 오뇌의 무도화하였다 할만큼 변하였다."[45]는 이광수의 지적처럼 이 한 권의 번역시집은 조선 문단의 시풍을 '오뇌의 무도화'시켰다. 한동안 프랑스 상징주의로 대표되는 퇴폐미와 낭만성이 시단을 유령처럼 떠돌아다녔다. 그리고 그것은 자유로운 시의 리듬, 즉 전통적인 정형률에서 벗어나 소위 '내재율'을 가진 자유시를 촉발시켰다. 그는 최초의 근대 시집 『해파리의 노래』를 발간하면서 자유시운동의 도화선이 되었다.

김억은 시의 정체성으로 음악성을 꼽았다. 그의 번역 활동은 조선어의 음악성에 대한 실험이자 조선어의 가능성을 최대치로 끌어올리기 위한 시도였다. 그는 단순히 외국 시의 의미만 번역하는 것이 아니라, 외국 시가 지닌 리듬을 조선어에서도 구현하려 했다. 이에 따라 그는 한자어나 고유어 사용, 조사와 어미, 리듬을 위한 모든 시적 장치를 모색한다. 이제 김억은 조선 사람의 사상과 감정을 조선적 율격으로 표현할 수 있는 것을 조선의 새로운 시로 상정하는

---

45) 이광수, 「문예쇄담」, 「동아일보」, 1925. 11. 12.

동시에, 프랑스 상징주의 시를 번역하면서 발견한 '정조'를 어떻게 조선어로 표현할 것인가 하는 문제에 봉착하였다.

보드라운손에 다치여울어나는피아노,
어스렷한 장비빗저녁에 번듯이여라.
가뷔야운나래로써 올리는힘없고고흔
지내간 날의 오랜그노래의한節은
고요도하게, 두려운듯시두려운듯시,
芳香가득한美女의化粧室에 써돌아라.

불상한내몸을 한가히흔드는잠의노래,
이고흔노래曲調는 무엇을쯧하라는가.
곱하는루쯔렌은 내게무엇을求하여라.
물으랴고하여도들을길좃차 바이업시
그노래는 방긋히 열어노흔門들속으로
숨이여서는동산에서 슬어지고말아라.
　　　　　　　—베를렌느, 「피아노」 전문

시집 『오뇌의 무도』

시집 『해파리의 노래』

　　김억은 베를렌느의 시를 번역하면서, 각 연을 6행으로 맞추고 1연 2행, 6행의 종결 패턴이 2연 2행, 6행과 대응시킨다. 또한 띄어쓰기를 제외하면 하나의 연을 구성하는 한 행의 음절수를 15~16음절로 제한하였고, 2연의 경우 모든 행이 16음절로 제한되어 있다. 이러한 사실은 김억이 시의 형태적 정형성과 안정성을 유지하기 위해 행의 음절수에 제한을 두고 있음을 확인할 수 있다.[46] 원문은 그렇지 않음에도 굳이 그와 같이 정형성을 유지한 이유

46) 장철환, 〈『오뇌의 무도』 수록시의 형식과 리듬의 양상 연구〉, 『국제어문』 58, 국제어문학회, 2013, 428~429 참고.

는, 원문의 리듬감과 특정한 분위기를 최대한 살려 조선어로 전환시킬 때 가능한 방법론을 음절수로 규정하였기 때문이다.

다시 말해, 김억은 동일한 음절수과 음가의 반복을 조선어의 리듬으로 보았고, 그에게 있어 번역은 '창작'이었기 때문이다. 원문을 그대로 옮기는 것이 아니라, 원문의 분위기와 리듬을 조선어로 옮기면서 새롭게 쓰는 것. 그에 따르면 "번역이란 일종의 창작"[47]이기 때문에 '창작적 의역' 혹은 '시 번역의 불가능성'을 논할 수밖에 없었다. 이러한 김억의 관점은 해외문학파나 양주동 등과 논쟁을 불러일으켰다. 예컨대, 원텍스트를 충실하게 번역할 것을 주장하고 나섰던 해외문학파의 이하윤(1906~1974)의 경우 조선어의 결에 맞는 시의 형태를 구현하고자 애를 썼지만, 전통적인 번역론을 따르고 있는 양주동, 송욱 등은 '오역(誤譯)'을 '악역(惡譯)'으로 보았다.

김억, 『오뇌의 무도』	이하윤, 『해외문학』	이하윤, 『실향의 화원』
反의거울인 池面은빗나며 輪廓만보이는 검은버도나무엔 바람이울어라……	못물은反한다 깁흔거울도가치 식검은버들의 실우에트를 쏘바람은울고……	못물은 비최인다 밑기픈 거울도가치 바람이 울고잇는 식컴은 버드나무 그림자를

베를렌느의 「흰 달」 번역 차이

베를렌느의 「흰 달」을 번역한 김억과 이하윤의 차이를 보면, 김억은 6~7음을 기준음으로 삼으려는 경향을 보이고 있고, 이하윤은

---

47) 김억, 「이식 문제에 대한 편견-번역은 창작이다 2」, 『동아일보』 1927. 6. 29.

표현이 점점 간결해졌다.[48] 김억은 동일한 종결어미를 반복하여 음악적 효과를 유도하고 있지만, 이하윤은 의미의 명확성을 전달하기 위해 최대한 자연스럽고 매끄러운 번역을 시도하고 있다는 것을 알 수 있다.

결국 김억에게 있어 번역은 단순히 이국적인 것을 배우거나 '이식(移植)'하는 것이 아니라, 오히려 번역은 조선어의 지평을 확대하는 작업이자, 조선어 혹은 시적 언어의 고유한 자질에 대한 깊이 있는 인식에 도달할 수 있게 하였다. 이러한 김억의 시적 언어에 대한 천착은 곧 '조선어와 가장 잘 어울리는 시형은 어떤 형태인가'라는 질문과 그 답을 찾아가는 과정에서 비롯된 것이며, 이러한 모색은 근대시 형성 과정에서 중요한 자리를 차지하고 있다.

5. 에스페란토와 조선어의 가능성

김억은 또한 자멘호프(L.L. Zamenhof, 1859~1917)가 창안한 세계공통어인 '에스페란토'에 주목하여, 1920년 '조선에스페란토협회'를 창립하여 1930년대 중반까지 조선에 에스페란토를 보급하였다. 그는 조선 시의 보편성을 획득하기 위해 조선 시를 세계공통어인 에스페란토로 번역해야 함을 피력했다. 조선 시가 전 세계의 독자들과 공유될 수 있으려면 어떤 나라나 민족에 속하지 않는 중립성을 가진 에스페란토로 번역되어야 한다는 것이다.[49]

다시 말해, 에스페란토는 조선은 일본의 속국이 아니며, 세계의

---

48) 하재연, 「번역을 통해 바라본 근대시의 문체-김억의 『오뇌의 무도』와 이하윤의 『실향의 화원』번역시 비교를 중심으로」, 『한국현대문학연구』 45, 한국현대문학회, 2015, 65~66쪽 참고.

49) 임수경, 「식민지 조선의 에스페란토와 김억」, 성균관대학교 박사학위논문, 2015, 128~130쪽 참고.

자멘호프   에스페란토 상징 깃발

당당한 일원으로서 식민 지배의 부당함을 전 세계에 알릴 기회를 잡
을 수 있다는 이상주의와 조선 문화의 우월함을 입증하려는 민족주
의가 서로 만나는 자리였다. 그러나 김억 이외에 동조자가 거의 없
었기 때문에 김억의 에스페란토 운동은 결국 미완에 그치고 말았지
만, 언어가 사고와 감정을 있는 그대로 재현하고 소통시키는 투명
한 매체이어야 한다는 그의 신념에는 변함이 없었다. 김억은 순수
언어로서의 에스페란토에 대한 이상을 잃지 않았고, 그와 같은 맥락
으로 이후에 발표한 '격조시형론' 등에서 우리는 김억의 새로운 '조
선 시형'에 대한 기획을 읽어 낼 수 있다. 그것은 조선어의 음악적
요소를 어떻게 입증하고 조선 시의 특성은 어떻게 구현되는지에 대
한 탐구라 할 수 있는데, 이러한 탐구는 근대라는 새로운 시대에 부
합할 수 있는 시 형식의 모색이자, 조선인의 호흡과 감정을 오롯이
담아낼 수 있는 보편과 특수를 모두 갖출 수 있는 조선어에 대한 믿
음에서 비롯된 것이었다.

결국 근대 초기 번역과 관련된 문제나 번역에 대한 태도는 한국
근대문학 형성기에 조선어에 대한 자각과 조선인의 리듬과 호흡을

어떻게 살릴 수 있는지 조선인 스스로 자문하게 하였다. 번역은 단순히 외국의 작품을 소개하는데 그치지 않았던 것이다. 번역을 통해 서구라는 이상화된 공간을 선망의 대상으로만 보지 않고, 조선 역시 서구와 동등한 문학작품을 갖고 있으며, 지금 없다면 앞으로 가질 것이라는 '낭만'은 식민지 현실을 초극할 수 있는 유일한 대안이자 희망이었다.

에스페란토를 소개하는 조선일보 1927년 12월 13일자 기사

격조시형은 서구에 의해 새롭게 등장한 음반산업과 유성기라는 새로운 미디어를 활용하기 위해 고안된 것이면서, 동시에 격조시형이 조선적 정서를 조선어로 표상 혹은 노래하기에 가장 적합하다는 것을 증명하고자 했던 김억의 '근대 시형 기획'이었다.

「꽃을 잡고」 신문 광고

폴리돌 레코드 음반

민요

김억, 유행가를 창작하고 근대 시형을 기획하다

민요

김억, 유행가를 창작하고 근대 시형을 기획하다

1. 민요의 '발견'과 조작된 '한(恨)의 민족'

'민중들 사이에서 저절로 생겨나서 전해지는 노래'라는 뜻을 가진 '민요(民謠)'[50]라는 말은 생각보다 오래되지 않았다. 물론 상고시대, 삼국시대, 고려와 조선에 이르기까지 노래는 존재했으나, 그것들을 '민요'라고 부르기 시작한 것은 100년이 채 되지 않는다. 『창조』창간호(1919. 2)에서 주요한은 「일본근대시초 1」라는 글에서 시마자키 도손(島崎藤村)을 '민요의 완성자'라고 표현하였다. 그에게 있어 '민요'는 전승된 민간의 노래이면서 동시에 당대의 일본시를 지칭하는 말이었던 것이다. 그리고 이상준의 잡가집 『조선신구잡가(朝鮮新舊雜歌)』(1921, 박문서관)가 발간되면서 '민요'라는 어휘가 본격적으로 통용되기

---

50) 음악학에서는 일반적으로 민요를 향토민요, 통속민요, 신민요로 분류한다. ① 향토민요는 통속민요의 대칭으로 국문학이나 민속학에서 이야기하는 민요와 동일한 개념으로 흔히 전통민요라고 부르는 것이다. ② 통속민요는 당시에 사용된 명칭이 아니라, 나중에 만들어진 조어로서 이 노래들이 불릴 당시에는 잡가라는 이름으로 불린 것이다. ③ 신민요는 통속민요와 달리 당시에 사용되는 용어였는데, 1930년대부터 사용되기 시작했으며 작곡자와 작사가가 존재하고 일정한 가수와 서양악기나 전통악기의 관현악 반주에 맞추어 불려진 곡들이다. (김혜정, 「민요의 개념과 범주에 대한 음악학적 논의」, 「한국민요학」 7, 한국민요학회, 1999. 참고)

시작했다. 그 당시에는 그러한 성질의 노래를 '잡가(雜歌)'라 불렀는데, 조선말 가사와 시조, 판소리 등의 성악이 번창하면서 서민 문화의 활성화로 등장한 노래패들의 노래를 지칭하는 말이었다.

주요한(1900~1979)

그러나 '잡가'는 근대 초기 박멸이나 개량의 대상이었다. 일제의 국권 침탈 따른 국가-부재 상황에서 자주독립과 근대국가 건설을 초미의 과제로 안고 있었던 식민지 상황에서 잡가는 그와 같은 사명에 부합되지 않았다. 이에 따라 식민지 지식인들은 민요와 통속민요를 음담패설(淫談悖說)이나 음풍왜음(淫風哇音) 등의 노래로 비판하면서 '가곡개량운동'을 주도하였다. 민요와 통속민요가 일반 대중에게 큰 영향을 미치고 있다는 사실을 인정하고, 이를 개량하여 계몽 이념을 전파하려고 했던 것이다.

한편, 식민 지배 초기 일본 주도로 전개된 관학(官學)은 조선의 역사와 문화 등 다방면에 걸친 자료들을 수집하고 집대성하면서 '민요' 역시 조선의 문화로 급부상하게 되었다. 조선총독부는 조선의 민요와 속담 등을 수집하여 조선의 인정과 사회상을 조사하는 일은 물론 조선인의 성정을 정의하려 했다. 물론 일본의 의도는 분명했다. 일본과 조선의 문화가 동일한 것이라는 '내선일체론'과 나약하고 게으른 조선인을 보호해야 한다는 명목을 만들려는 의도였다. 후일 경성제국대학 교수 겸 조선총독부의 시학관(視學官)을 역임했던 다카하시 토오루(高橋亨)는 조선인을 불우한 운명에 대한 순종, 그러한 운명에 대해 비정상적으로 낙천적인 태도를 가진 민족으로 규정한 것처럼, 조선인의 대표적인 성정이라 여겨지는 '(여성적) 한(恨)'이라는 정서는 원래 우리가 가진 정서가 아니라 일제에 의해 조작된 것이었다. 이마무라 토모에(今村鞆)는 민요 「아리랑」을 예로 들어 '체념과 찰나의 향락주의'를 조선의 민족성으로 규정하였고, 시미즈 헤이조(淸水兵三)는 조선을 '괴로운 사랑, 슬픈 사랑의 나라'로 정의하기도 했다. 즉 일제는 조선을 섬약한 여성의 이미지로 환원시키면서 서구와 맞설 '동양 전체'를 주도하는 강력한 남성성을 가진 일본에 보호를 받아야 한다는 일종의 오리엔탈리즘을 작동시킨 것이다.

더욱이 우에다 빈(上田敏)은 일본 본토에서 민족의식을 환기하는 것으로 민요를 꼽고, 민요가 전통사회의 내력을 담고 있는 동시에 장래에 이룩될 '국민음악의 완성'에 도움을 주는 귀중한 재료[51] 로 보는 등 민요가 일본의 문화사에서 주목을 받게 되면서 민요 개념은 자연스럽게 조선으로도 유입되었다. 이제, 조선인은 일본으로부터 유입된 '민요'라는 개념을 어떻게 번역할 것인지 심각하게 고민해야 했다. 식민담론으로 무장한 일본의 무자비한 문화 지배에 조선인은 조선 독자의 문화를 지켜 내야 했으나, 아무것도 없었다. 아니, 아무것도 할 줄 몰랐다. 서둘러 일본을 매개로 한 서구 문화를 받아들이면서 조선만의 문화를 구축해야 하는, 이중고에 시달리게 되었다.

2. "울밑에선 봉숭아야 내모습이 처량하다"

---

51) 임경화, 「통합하는 민요, 저항하는 민요―남북한의 '민요' 개념 차이에 관한 고찰」, 『한국학연구』 24, 인하대 한국학연구소, 2011, 413~414쪽 참고.

民謠는 그 國民性의 表現된 꼿이라 함은 누구나 다 아는 바이외다. 딸하 民謠의 價値가 어쩌하다 함은 이제 새삼스럽게 말할 必要가 업겟습니다. 다못 恨스러운 것은 우리 民族의 노래는 넘우나 荒野에 버리워진 것 가튼 그것이외다. 이것은 濟州島의 主張女子들이 부르는 노래올시다. 노골적 단조로운 「리리크」로써 참으로 우리 民族이 人情에 줄이고 사랑의 憧憬에 心情의 泉이 넘처나는 설음이올시다. 赤裸裸인 粗野의 人間의 神聖한 美의 赤子입니다.[52]

世界人類로 朝鮮사람으로 우리 江山에 우리의 말로써 살 우리 民族의 將來에 올 새 詩人은 먼저 우리의 民謠 童謠에 튼튼히 握手하여야만 할 것을 말해둔다.[53]

강봉옥은 민요가 '국민성이 표현된 꽃'이라고 지적하면서 고대에서부터 구전되는 노래를 '민족'이라는 관념과 연관시키고 있다. 그는 민요가 우리 민족의 정감에 의한 '설움'이자 인간 신성한 미의 '적자'이므로, 우리 민족의 노래가 더는 전승되거나 관심 밖에 처한 것을 황야에 버려진 것이라고 빗대며 한스럽다고 토로하였다. 홍종인 역시 우리 민족의 장래에 올 '새 시인'은 민요와 튼튼히 악수해야할 것임을 지적하며, 민요의 중요성을 주지시키면서 채록한 민요를 소개하였다.

특히 잡지 『개벽』은 1920년대 초부터 민요의 채록과 함께 민요 소개를 활발히 전개하였는데, 당시 민요에 대한 인식은 크게 두 가지로 나뉜다. 하나는 민요를 '설움과 한의 노래'로 규정하거나, 다

---

52) 강봉옥, 「제주도의 민요 오십수, 맷돌 가는 여자들의 주고 받는 노래」, 『개벽』 32호, 1923. 2.
53) 홍종인, 「용강민요 삼십수」, 『개벽』 34호, 1923. 4.

잡지 〈개벽〉

른 하나는 민족성을 담지한 노래로 보는 것이다. 전자는 일본 관학파의 규정을 무비판적으로 수용한 결과에서 비롯된 것이고, 후자는 일본의 국민문학론의 영향을 받아 조선 역시 그와 같은 민족 고유의 노래가 있다는 전제에서 출발한 것이다. 무엇보다 중요한 것은, '조선 고유의 문화가 있다'는 것을 증명해야 하는 것이 식민지 지식들에게 주어진 시대적 사명이라는 것이다. 비록 방법론은 일본으로부터 모방한 것이지만, 일본에서 벗어나기 위한 처절한 몸부림이라는 점은 인정해야 한다.

정리하자면, 1920년대에 민요라는 개념이 등장하면서 〈아리랑〉과 〈새야 새야 파랑새야〉와 같이 민중들의 정서에 깊은 뿌리를 내리고 있는 신민요와 잡가의 영역이 존재하면서 동시에, 서양음악의 도입 때문에 유행가와 가곡 등이 나타나기 시작했다. 특히 잡가의 유행으로 여러 지역의 음악적 특성을 가미한 새로운 곡이 무대용 음악이나 유성기 음반의 소재로 자주 이용되었다. 이렇게 만들어진 잡가가 1910년대에 집중적으로 잡가집(남도잡가, 서도잡가)에 등장하는데, 곧 유성기 음반으로 제작되면서 후에 신민요가 등장하는 발판이 되었다. 민요와 유행가 사이의 과도기적 성격을 가지고 신민요는 1930년대 본격적으로 유행하였는데, 일본식이나 서양식의 악곡에 맞춰 기존 민요를 편곡한 것이었다. 뒤이어 유행가도 등장하면서 전통음악과 서양음악이 혼재되는 양상에서 차츰 서양음악 중심으로 재편하게 된다.

또한 1920년대 들어서 '가곡'이라는 장
르가 새롭게 등장하는데, 우리나라 최초
의 예술 가곡으로 알려진 홍난파 작곡,
김형준 작사의 〈봉선화〉가 레코드와 라
디오 방송을 통해 널리 전파되었다. 후에
성악가 김천애가 도쿄 히비야 공화당에
서 개최한 '전일본 신인음악회'에 하얀 저
고리와 치마를 입고 출연하여 〈봉선화〉
를 부르면서 〈봉선화〉는 일본에 의해 금
지곡이 되면서 더욱 유명해졌다.

홍난파(1898~1941)

김천애(1919~1995)

울밑에선 봉숭아야 내모습이 처량하다
길고긴날 여름철에 아름답게 꽃필 적에
아름다운 아가씨들 너를 반겨 놀았도다

어언간에 여름가고 가을바람 솔솔불어
아름다운 꽃송이를 모질게도 침노하니
낙화로다 늙어졌다 내모양이 처량하다

— 〈봉선화〉 전문

　찬바람에 낙화로 사라질지라도 '아름다운 꽃송이'는 기억에 남
듯, 도래할 새봄에 다시 소생할 것을 소망하는 봉선화를 향한 마음
은 나라를 잃은 망국의 슬픔을 환기한다. '민족의 노래'로 승화된 〈
봉선화〉는 전국 방방곡곡에 퍼졌고, 본격적으로 가곡이 창작되고

발표되기 시작한다. 〈봄처녀〉, 〈성불사의 봄〉(이은상 시, 홍난파 곡), 〈가고파〉(이은상 시, 김동진 곡), 〈선구자〉(윤해영 시, 조두남 곡) 등의 작품들이 창작되면서 예술가곡의 새로운 시대가 시작되었다. 일본어 가사로 된 창가만 부르도록 강제되는 식민지 상황에서 가곡이나 민요는 민족의식을 고취시키려는 의도에서 더욱 유행했던 것이다.

3. '민요시인' 김소월의 발굴과 '민요시'

1922년 7월 『개벽』 25호에 발표된 김소월의 「진달래꽃」과 1923년 8월 『신천지』에 발표된 「왕십리」에는 '민요시'라는 명칭이 부기 되어 있었다. 이는 한국문학사에서 '민요'와 '자유시'라는 두 양식의 접합을 공식적으로 보여 준 첫 사건이었다[54]. '민요시'라는 명칭은 김소월이 직접 붙였다기보다는 스승인 김억에 의해 붙여져서 발표된 것으로 보이는데, 이때 아직 민요시라는 명칭이 정착되지 않았을 때임에도 김소월 시의 특질을 설명하는데 아주 성공적이었다. 김억은 1923년 12월의 평론에서 김소월의 「삭주구성」 등의 작품에 대해 "재래의 민요조 그것을 가지고 어떻게도 아리땁게 길이로 짜고 가로 엮어 고운 조화를 보여" 주었던 작품으로 평하면서 김소월을 민요시에 특출한 재능이 있는 '민요시인'으로 규정하였다.

나보기가 역겨워
가실 째에는
말업시 고히 보내드리우리다

---

54) 한상철, 「근대시의 '서정'과 민요시론」, 『현대문학이론연구』 49, 현대문학이론학회, 2012, 438쪽.

寧邊의 藥山
진달내꼿
아름짜다 가실길에 쑤리오리다

가시는 거름거름
노힌그꼿츨
삽분히즈려밟고 가시옵소서

나보기가 역겨워
가실 째에는
죽어도아니 눈물흘니우리다

— 김소월, 「진달내꼿」 전문

1924년 김억은 번역 시집 『잃어버린 진주』를 발간하면서 「서문 대신에」라는 글에서 '민요시'를 범주화시킨다. 그는 시를 서정시, 서사시, 희곡시로 나누고, 서정시 중 민요시를 미래시, 입체시, 자유시, 상징시 등의 근대적인 시 장르와 대등한 하나의 양식 개념으로 범주화시킨다. 특히 그는 민요시를 자유시와 대등한 것으로 보는데, 그는 이 글에서 자유시의 특색은 모든 형식을 깨뜨리고 시인 자신의 내재율을 중요시하는 것에 반해, 민요시는 이와 반대로 기존의 전통적 시형을 밟는 것임을 주장하였다. 다시 말해 김억은 자유시의 방만해진 시형과 일본 신체시의 모방이라는 문제에 적극 대응하기 위해 '민요시'를 제안한 것이다.

주요한 역시 민요의 역할에 주목한다. 그는 「노래를 지으시려는 이에게」(『조선문단』 1~3호, 1924. 10~12) 연재를 통해 "우리가 가진 유일한 발족점이 한시도 아니오 시조도 아니오 민요와 동요"이며 "조선말로 쓴 노래가 조선 사람의 가슴에 먼저 울리기 전에 예술적 가치가 생길 것"이라고 주장하며 민요를 조선 민족의 근원으로 삼고자 했다. 그는 "조선의 피가 뛰는 민요"로서 민요를 새로운 자유시의 '발족점'으로 삼고자 했으며, 동시에 장르의 보편성 문제도 함께 다루었다. 슬라브 예술이 슬라브 예술이라는 '특수성'과 '개별성'을 확보한 다음 '보편성'에 나아가듯 조선문학 역시 특수성을 확보하는 동시에 보편성을 갖게 될 것이라는 주요한의 주장은 이광수의 주장과 맥락이 비슷하다.

民謠ㅅ속에서 우리 民族에게 특별히 맛는 리듬을 發見하는 同時에 우리 民族의 感情의 흐르는 모양(이것이 소리로 나타나면 리듬이다.)과 생각이 움지기는 方法을 볼 수가 잇다. 새로운 文學을 지으려하는 우리는 우리의 民謠와 전설(니야기에서 이것을 찾는 것이 절대로 필요하다. 대개 우리 朝鮮ㅅ사람의 情調(感情이 흐르는 方法을 情調라고 일흠짓자)와 思考方法에 合致하지 아니하는 詩歌는 즉 文學은 우리들에게 마질수업는 째문이니 오늘날 新文學이 내용은 훨신 優勝하면서도 항상 民謠와 전설(니야기와 니야기책)에게 눌리는 것이 이 까닭이다.[55]

이광수 역시 민요 속에서 우리 민족의 리듬을 발견할 수 있으며, 새로운 신문학을 위해서는 민요와 전설(이야기)이 필요하다고 주장한다. 그동안 민요와 전설이 시가에 우위를 차지할 수 있었던 요인으로 (민족적) 리듬이 있었기 때문이었고, 이처럼 조선의 민요에 나타

55) 이광수, 「민요소고 1」, 『조선문단』 3호, 1924. 12.

난 리듬과 사상이 바로 조선 민족의 특색이며, 곧 조선의 문학이 민요에 기초하고 있다고 역설한다. 그는 순전히 조선어로 된 민요만을 조선 시가의 '뿌리'로 보면서, 조선의 민요 몇 편을 예로 들며 민요의 리듬에 나타난 '느림'과 '즐거움' 등을 조선 민족의 속성으로 제시한다. 그것은 민요시의 기본적인 속성을 '노래'로 규정하면서 시의 음악적 요소를 복원함으로써 서구로부터 이식된 자유시와 다른 조선만의 신시(新詩)를 창조할 수 있는 생각에서 비롯된 것이다. 특히 그는 '우리 민족의 감정이 흐르는 모양'을 '리듬'이라고 명명하며, 비로소 한국문학사에 '리듬'이라는 개념이 본격적으로 제기되었다. 최남선 또한 "조선은 민요의 나라"라는 표현을 쓰면서 조선인은 음악적인 국민이기 때문에, 조선인 본래의 사상과 경향이 민요에 담겨 흐른다고까지 주장하였다.[56]

비록 일본에 의해 민요가 '발견'되었지만, 이러한 전통문화의 재발견은 민족문학이라는 개념을 구체적, 실증적으로 바라보는 계기로 작용하였다. 즉, 민요시론 전개를 통해 근대문학이라는 개념, 신시라는 장르, 리듬이라는 구체적인 시창작법과 시론이 제기됨으로써 본격적으로 미적 근대성을 모색하게 된 것이다.

4. 김억의 유행가 창작과 격조시형

1934년 6월 폴리돌 레코드(Polydor Record)에서 한 장의 유성기 음반이 발매된다. 이 음반에는 김억 작사, 이면상 작곡, 일본 포리도-루조

---

56) 최남선, 「조선 민요의 개관」, 이치야마 모리오 편, 엄인경, 이윤지 역, 「조선 민요의 연구」, 역락, 2016.

유성기 광고

폴리돌 레코드 음반

화악단(調和樂團) 반주로, 선우일선(鮮于一扇)이 부른 「꽃을 잡고」가 수록되었다. 이 노래는 당시 약 5만 장 이상의 판매량을 기록할 만큼 대단한 인기를 끌었다고 한다. 신문에도 여러 차례 음반 광고가 게재되었고, 당시 17세였던 평양기생학교 출신의 가수 선우일선도 이 한 곡으로 일약 인기가수로서 스타 가수의 반열에 올라, 1935년 10월 『삼천리』의 레코드 가수 인기투표에서 3위를 차지하기도 했다. 김억은 73편의 유성기 음반의 가사를 발표하는데, 그 가운데에서 스스로 '시'라고 밝힌 작품이 40편이나 되었다. 이 작품들은 대체로 1934년 2월부터 1940년 1월까지 약 6년 사이 집중적으로 발표되었다.[57]

선우일선(1918~1990)

하늘하늘 봄바람에
꽃이 피면
다시 못니즐 지낸 그 옛날

지낸세월 구름이라
잊자해도
잊을 길 없는 설은 이내맘

---

57) 구인모, 「시가의 이상, 노래로 부른 근대—김억의 유성기 음반 가사와 격조시형」, 『한국근대문학연구』 16, 한국근대문학회, 2007, 137~139쪽 참고.

꽃을따며 놀든 것이
어제 렷만
그님은 가고 나만 외로이

생각사록 맘이설어
아니 우랴
안울수 없어 꽃만을 잠노라

—「꼿을 잡고」 전문

실버들 나릿나릿 느리운가지
휘도는 봄바람은 사랑의바람
이몸은 버들가지 그대는바람
바람이 부는대로 내가도노라

실버들 하늘하늘 부는바람은
꼿업시 도는몸의 정향없는길
이몸은 버들가지 그대는바람
바람에 부는대로 내가가노라

실버들 나릿나릿 느리운가지
휘도는 봄바람은 변키쉬운맘
불다가 불든대로 슬어지길내
버들은 심사설다 머리숙엿네

—「탄식는 실버들」 전문

　　「꼿을 잡고」 이후 김억은 점차 7.5조의 음수율과 두운이나 각운 등의 형식을 엄격하게 지키기 시작한다. 특히 그는 민요의 형식인

전체 4행이 한 연을 이루는 단시형(短詩型)인 이른바 '격조시형(格調詩形)'을 토대로 작사하였다. 그는 1930년 1월 16일부터 30일까지 『격조시형론소고』를 동아일보에 연재하는데, 그는 음악적 고려를 하지 않은 형태의 시들은 산문에 불과하다고 주장하며 산문과 시의 경계 분리 지점을 '음률적 율동'으로 제시하였다. 그는 조선어에는 고저와 장단이 없다는 것을 밝히고, 음절수의 정형이 음률적 효과를 가지게 된다고 피력하면서 민요에서 비롯된 '7.5조'를 제시한다. 5음 내지 7음이 발음상 가장 서정적이고 기수적(奇數的)이라는 것이다. 또한 숨을 쉬지 않고 연속해서 발음할 수 있는 최대 음절수를 12음절 정도로 보고, 12음절을 두 호흡에 읽는 것을 격조시형의 표준으로 삼는다.

김억은 1음절이나 2음절을 발음하기 위한 시간을 음력(音力)으로 보고, 음절수가 짝수일 때는 전음(全音), 홀수일 때는 반음(半音)으로 제시한다. 그에 따르면, 전음과 반음의 집합과 조화에서 쾌감을 느끼게 되는 것인데, 전음은 변화가 적고 아직 끝나지 않았다는 연속의 느낌을 주지만 반음은 뒤에 남는 반음을 휴지가 채우기 때문에 변화를 주면서 종결의 느낌을 준다는 것이다. 예컨대 그가 예로 든 김소월의 「대숲풀노래」에서 "여튼물에", "년자즐제", "돗단배는", "어리웠네"는 전음이 2번 반복되면서 우수조로서 음률의 '곡절(曲折)'이 없이 단조롭게 읽힌다면, "半달여울의", "어갸챠 소리", "금실비단의", "白日靑天에"는 반음이 중간에 들어가면서 기수조로서 음률의 곡절로 인해 '음파의 굴곡'이 발생하고 이에 따라 쾌감이 발생한다는 것이다. 이러한 점에서 김억의 격조시형론은 기존의 정형률에서 제시된 음수의 문제를 감정과 호흡의 문제로 전환하면서, '정형'의 문제를 음수의 고정이 아닌 (발음상의) 낭독의 문제로 변환시켰다.

다시 말해, 김억은 음력이라는 개념을 토대로 민요에서 비롯된 7.5조가 조선 시형에 가장 적합한 율로 보는데, 이는 가창과 낭송에서 활자 중심으로 재편된 근대적 시형과는 거리가 있어 보인다.

그러나 격조시형은 서구에 의해 새롭게 등장한 음반산업과 유성기라는 새로운 미디어를 활용

「꽃을 잡고」 신문 광고

하기 위해 고안된 것이면서, 동시에 격조시형이 조선적 정서를 조선어로 표상 혹은 노래하기에 가장 적합하다는 것을 증명하고자 했던 김억의 '근대 시형 기획'이었다. 가창의 관습에서 활자 매체 보급에 따른 묵독으로의 시가 향유 방식의 전이에 따라 가창-전근대/묵독-근대의 이항구도가 구성되어 갈 때, 김억은 오히려 전근대 시가 향유 방식인 가창(낭독)의 영역으로 회귀한다. 그는 감정을 투명하게 전달하는 매개인 '문자'에 대한 이해와 함께 그것이 실현되는 '음성'에 천착하면서 낭송과 유성기 음반 취입 등에 몰두했던 것이다. 특히 새로운 미디어 유성기 음반과 이에 따른 근대적인 음반 산업에 편입하여 최초로 선보인 유행가의 가사가 되는 김억의 시가(詩歌)는 형식과 향유방식이라는 면에서 그 누구와도 다른 근대적 면모를 보여주고 있다. '발견'된 민요와 '발명'된 시가는 거리가 그리 멀지 않았던 것이다.

임화는 선택의 기로(岐路)마다 종로에 서 있는 시적 화자를 통해 갈림
길을 선택했다.

그는 종로에서 살았고, 종로에서 혁명을 이루고자 했으며, 종로로
돌아오고자 했다. 이념의 문제를 떠나, 그가 지키고자 했던 종로는
조선의 심장부이자 조선의 마지막 보루(堡壘)였던 것이다.

1920년대 후반 종로

영화

음악, 예술을 무기로 계급적 해방을 꿈꾸다

종로

임화, 예술을 무기로 계급적 혁명을 꿈꾸다

1. '조선의 발렌티노' 임화

수려한 외모를 가진 '조선의 발렌티노' 임화(본명 임인식)는 1908년 서울시 종로구 가회동에서 태어나 1929년 일본 동경으로 유학을 떠난다. 그는 이미 1928년 21세의 나이로 〈유랑〉, 〈혼가〉 두 편의 영화에서 주연으로 활약하면서 일약 스타덤에 올랐다. 영화는 그다지 흥행(興行)하지 못했지만, 임화는 흥행했다. "뜨거운 태양을 쏘이고 다니는 마부의 얼굴로서는 너무나 희다. 이번 실패는 자기의 역을 생각지 않고 미남자로만 나타내고자 하는 것이 그 원인이 된 것이다. 또한, 동작에 있어서도 선이 너무나 가늘고 표정도 심각한 곳이 없다."는 당대의 영화평은 그가 얼마나 '훈남(美男子)'이었는지, 영화가 얼마나 흥행에 실패했는지 짐작할 수 있다.

그는 곧 연기 공부를 위해 일본으로 떠났지만, 오히려 그가 유학 생활 중에 배운 것은 연기가 아니라 문학이었다. 사회주의 연극에 심취하면서 '사회주의 문학'에 눈을 뜨게 된 것이다. 물론 임화는 일본 유학을 떠나기 전에 문학에도 관심이 있었는데, 그가 주로 관심

을 보였던 것은 '다다이즘'이었다. '임다다
(林DADA)', '다임다(DA林DA)'라는 필명을 쓸 정
도로 그는 다다이즘에 푹 빠져 있었다. 그
당시 소위 '문필가'와 다르게 그는 조선의
고전문학에는 아예 관심을 보이지 않았
고, 처음부터 서구문학에 경도되었다. 아
마도 1925년 모친이 사망하고 집안이 파
산하면서 '길거리 소년'이 된 그는 최신 유
행을 보다 가까이서 접했기 때문일 것이
다. 임화는 조타모(鳥打帽, 도리우찌)를 쓰고 본
정(本町, 혼마찌)과 같은 남촌을 떠돌던 모던
보이[58]였다.

임화(1908~1953)

루돌프 발렌티노(Rudolph Valentino,
1895~1926)

…(상략)…

암만해도 나는 회화에서 도망한 예술가이다

미래파─공적(功的)이고 난조미(亂調美)의 추구

그것도 아니다 결코 나의 그림은 미술이 못되니까─

하마터면 또는 1917년 10월에 일어난 병정의 행렬과 동궁(冬宮) 오후 3
시와 9시 사이를 부조(浮彫)하고 있을지도 모를 것이다

사랑할 만한 '아카데믹'의 유위한 청년의 작품이─

오오 나의 그림은 분명히 나를 반역했다

그리고 새로운 나를 강요하는 것이다

뻥기─냄새를 피우고 핏냄새를 달랜다

---

58) "모던뽀이형이어서 학교에서도 문제아로 여겼던 사람" (이헌구, 「편편산주」, 「사상계」, 1966. 10, 267
쪽.)

그리할 것이다 나는 이후로부터는 총(銃)과 마차(馬車)로 그림을 그리리
라[59]

—「화가의 시」 부분

1927년 5월 스무 살에 발표한 등단작 「화가의 시」(『조선지광』)에서
알 수 있듯이 그는 총과 마차로 그림을 그리는 예술가가 되고 싶어
했다. "새로운 나를 강요하는" 시대에 적극 부응하고자 했던 것이
다. 그는 일본 유학 중에 카프 도쿄지부의 이북만을 만나 강경론자
가 되어 갔고, 1930년 조선으로 돌아온 임화는 카프 경성지부 조직
을 재정비하고, 1932년 마침내 '서기장'이라는 카프의 실질적인 지도
자 자리를 차지하게 된다. 길거리 소년이자 영화배우였던 그가 계급
문학운동의 최전선에 서게 된 그 짧은 몇 년의 시간. 그 짧은 시간이
그의 인생을, 그리고 한국문학사를 통째로 뒤흔들게 되었다.

2. 예술을 무기로, 조선 민족의 계급적 해방을 위하여

임화가 문단에서 본격적으로 이름을 날리기 전, 사회주의 이념
을 바탕으로 계급문학운동은 1920년대 초부터 있었다. 1919년 3.1운
동 이후 사회주의 사상이 조선에 유입되면서 1922년 9월에 조직한
'염군사(焰群社)'와 1923년 조직한 '파스큘라(PASKYULA)'가 그것이다. 염
군사는 3.1운동 좌절 때문에 팽배하게 된 조선 문단의 낭만적 퇴폐
주의와 자연주의에 반대하는 한편, 착취당하는 인민들의 생활과 투
쟁을 반영하기 위한 '신경향파문학'을 제시하였다. 비슷한 단체 파

---

59) 임화문학예술전집 편찬위원회 편,『임화문화예술전집 1- 시』, 소명출판, 2009. 이하 임화의 시는
   이 책에서 인용하였다.

스쿨라는 동경에서 귀국한 김기진과 〈백조〉 동인들 일부를 주축으로 발족되었으며, 두 단체는 1925년 8월 조선프롤레타리아예술가동맹(Kora Artista Proleta Federatio)로 통합되었다. 카프는 1935년 해체

카프 작가 단체사진

되기까지 계급문학운동을 활발히 전개하면서 우리 문학사에서 매우 중요한 역할을 자임(自任)하였다. 특히 이들 프로문학 진영은 민족주의 진영을 '부르조아 문학'으로 규정짓고, 이들과의 첨예하고도 치열한 논쟁은 이론과 논리가 없었던 기존의 조선문학에 활기를 불어넣는 동시에 역동적인 문학사를 연출하였다.

"일체의 전제세력(專制勢力)과 항쟁한다. 우리는 예술을 무기로 하여 조선민족의 계급적 해방을 목적으로 한다."는 강령을 채택한 카프는 당대 문학이 식민지 조선의 구체적인 현실과 생활상을 외면하고 현실 도피를 일삼았다고 비판하면서, 무산자 계급의 해방을 실현하는 새로운 문학을 추구하였다. 그러나 이들의 투철한 목적의식은 카프 내부에서까지 논쟁을 일으키면서 2번의 '방향전환'이 촉발되었다.

김기진과 박영희 사이에서 벌어진 '내용 형식 논쟁'에서 카프의 주도적인 이론가로 자리 잡은 박영희는 1927년 '목적의식론'을 제기하면서 1차 방향 전환을 주도하였다. 김기진이 박영희의 소설 「철야」를 "추상적 설명"으로 비판하자, 박영희는 "프로문예는 무산계급과 노동자를 묘사하는 것이 아니라 그 투쟁을 선동하고 지시하는

팔봉 김기진(1903~1985)   회월 박영희(1901~?)

것"이라고 반론을 제기하면서 계급문학에서 중요한 것은 예술적 완성이나 미학적 형상이 아니라, 계급이념의 전파를 위한 수단이라는 점을 강조하였다. 그는 카프 이전까지의 문학을 '자연발생적인 문학'으로 규정하고, 카프 이후의 문학을 '목적의식적인 문학'으로 규정하면서 카프의 이념과 노선을 분명하게 밝혔다. 이를 계기로 동경파라 할 수 있는 이북만, 임화, 권환, 김남천 등이 가세하게 되었고, 카프는 카프의 작가들에게 분명한 계급의식을 갖추고 투쟁의 전선에 나설 것을 요구하였다.

그러나 민중에게 계급사상을 전달하고 민중을 고양해야 한다는 임무하에서 쓰여진 '프로시'는 관념적 구호에 불과했고, 민중의 생활상과 거리가 멀게 되면서 딜레마에 빠지게 되었다. 이에 따라 카프 내에서 '대중화론'이 전개되면서 '전위의 눈으로 세계를 볼 것'을 창작의 중심 과제로 삼았다. 이제 카프의 작가들은 민중의 생활과 투쟁의 현장을 묘사하는 데 주력하게 되었다. 비로소 화자가 노동자 등의 민중과 밀착되기 시작했고 그들의 생활에서 비롯된 감정이 계급 모순의 인식 하에서 형성되고 있음을 드러낼 수 있게 되었다. 이후 카프 내에서 마르크스주의 문예창작방법론에 대한 본격적인 논의가 전개되면서 1930년 '예술운동의 볼셰비키화'를 채택하게 되었다. 2차 방향 전환이 이뤄진 것이다.

김기진과 박영희가 한창 논쟁을 벌이면서 카프의 주도권 싸움에 매진할 무렵, 임화는 '혜성같이' 등장한다. 현실과 동떨어진 카프시의 딜레마를 한 방에 해결할 작품으로 임화의 시가 거론되었기 때문이다. 김기진은 현실과 괴리된 카프시를 비판하면서 시가의 대중화를 위한 구체적인 방안을 제시하였다. 그는 서사적인 소재를 취하고 쉬운 말로 써서 대중들이 이해하고 낭독하기 좋은 작품을 '단편서사시'라고 지칭하면서 임화의 「우리 오빠와 화로」를 그 대표적인 작품으로 들었다.[60] 그러나 정작 임화는 이 작품을 발표한 뒤 얼마 지나지 않아 이 작품의 내용이 프롤레타리아의 생활 속으로 직접 들어가지 못하고 관념적으로 다가선 결과임을 스스로 비판하였다.

오빠……
저는요 저는요 잘 알았어요
왜 그날 오빠가 우리 두 동생을 떠나 그리로 들어가실 그날 밤에
연거푸 말는 권연(卷煙)을 세 개씩이나 피우시고 계셨는지
저는요 잘 알았어요 오빠

언제나 철없는 제가 오빠가 공장에서 돌아와서 고단한 저녁을 잡수실 때 오빠 몸에서 신문지 냄새가 난다고 하면
오빠는 파란 얼굴에 피곤한 웃음을 웃으시며
……네 몸에선 누에 똥내가 나지 않니—하시던 세상에 위대하고 용감한 우리 오빠가 왜 그날만
말 한마디 없이 담배 연기로 방 속을 메워 버리시는 우리 우리 용감한 오빠의 마음을 저는 잘 알았어요

천정을 향하야 기어 올라가던 외줄기 담배 연기 속에서—오빠의 강철 가슴속에 박힌 위대한 결정과 성스러운 각오를 저는 분명히 보았어요

---

60) 김 기진, 「단편서사시의 길로」, 『조선문예』, 1929. 5; 「프로시가의 대중화」, 『문예공론』, 1929. 6.

종로 119

그리하여 제가 영남이의 버선 하나도 채 못 기웠을 동안에
문지방을 때리는 쇳소리 바루르 밟는 거치른 구두 소리와 함께—가 버
리지 않으셨어요

—「우리 오빠와 화로」 부분

카프의 2차 방향 전환을 계기로 조직이 정비되고 '드디어' 임화가
서기장이라는 지도자의 자리를 차지하게 되지만, 점차 내부의 갈등
과 일제의 억압 때문에 카프는 해산에 이르게 된다. 1935년 6월 카프
문학부 책임자인 김기진이 〈카프 해산계〉에 서명하면서 카프는 막
을 내리게 되었다. "얻은 것은 이데올로기며 상실한 것은 예술 자신
이었다."는 박영희의 고백(「동아일보」 1934. 1. 1.)처럼 예술을 무기로 삼으
려 했던 카프는 예술 자체를 잃게 되었다.

3. 혁명과 실패의 공간, 종로

카프의 서기장이 되고, 카프가 해산하면서 월북에 이르기까지
임화는 절체절명(絶體絶命) 결단의 순간마다 시를 썼다. 특이하게도
그는 그 결단의 순간마다 서울 종로 한복판에 있는 시적 화자를 내
세웠는데, 「네거리의 순이」(1929.1), 「다시 네거리에서」(1935. 7), 「9월 12
일-1945, 또다시 네거리에서」(1947)라는 세 작품이 그러하다. 임화는
「네거리의 순이」를 통해 본격적으로 '프로시인'이 되었고, 「다시 네
거리에서」를 쓸 무렵에는 카프의 해산과 이혼과 재혼 등의 사건이
있었다. 그리고 「9월 12일-1945, 또다시 네거리에서」는 조선인민공
화국 수립과 조선 공산당 재건 축하 시가행진이 있던 날의 감격을

쓴 것이다. 그렇다면, 임화에게 '종로'가 어떤 의미인지 질문하지 않을 수가 없다. 임화는 선택의 기로(岐路)마다 종로에 서 있는 시적 화자를 통해 갈림길을 선택했기 때문이다.

식민지 당시 서울(경성)은 청계천을 경계로 북쪽의 조선인과 남쪽의 일본인이 서로 대치하고 있었는데, 이때 조선인 구역의 심장부에 해당하는 곳이 종로였다. 또한, 종로는 3.1운동과 각종 사회운동 등이 일어난 곳이기도 했으니, 말 그대로 종로는 조선인의 심장과도 같은 공간이었다.

"종로는 우리나라의 심장이야. 종로가 일본놈들에게 먹히면 우리 민족의 숨결은 어디에도 없는 거야. 독립군들은 만주벌판에서 싸우고 있지만 우린 이 종로 한복판에서 싸우고 있단 말이야."
"이것마저 빼앗기면 끝장이야. 종로 상가는 조선왕조 오백 년을 지속한 어시가 아니냐."
— 영화 〈장군의 아들〉(임권택, 1990) 대사 중에

영화 〈장군의 아들〉 포스터

식민지 종로에서는 청년단체와 민중운동단체들의 군중집회가 지속해서 개최되었으며, 경성법원과 종로경찰서가 있는 곳이기도 했다. 종로는 운동과 진압이, 저항과 감시가 동시에 일어난 곳이었던 것이다. 또한, 종로는 조선인 투쟁과 조직의 거점이기도 했지만, 동시에 조선인의 구속과 죽음이 함께 있는 곳이기도 했다.

종로에는 온갖 사회단체가 극성을 이루었고, '신사회건설'과 '계급투쟁'이란 구호가 난무하고, 이를 알리는 삐라와 벽보가 휘날리

고, 하루가 멀다 고 집회가 열렸으 며, 군중들은 노동 가를 부르며 시가 지를 행진하다 공 권력과 대치하고, 공방 속에 검속되 고 재항의 집회가 이어지는 나날이

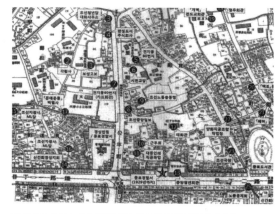

일제 강점기 종로 지도(정우택, 종로의 사상지리와 임화의 네거리)

었다. 특히 1925년 4월 20일 전국의 4백 수십 단체의 5백여 대표자 가 경성에 모여 '전조선민중운동자대회'를 개최하고자 했으나, 경무 당국이 대회를 금지하자 대회 사무소가 있는 종로 일대에서 대규모 항의 시위를 열기도 했다.[61]

실제로 임화도 1931년 8월 공산주의협의회사건으로 박영희와 함 께 종로경찰서에서 3개월간 옥살이를 하기도 했다. 종로 우정국로 에서 벌어졌던 대동인쇄주식회사 인쇄노동자들의 파업을 배경으로 한 「네거리의 순이」, 카프의 해산을 '종로에서의 퇴각'으로 상징하면 서 썼던 「다시 네거리에서」, 조선 공산당 재건 축하 행진이 있었던 종로를 배경으로 쓴 「9월 12일-1945, 또다시 네거리에서」 등에서 알 수 있듯이, 종로는 임화에게 고향("오오 그리운 내 고향의 거리여! 여 기는 종로 네거리"—「다시 네거리에서」)이자 전선(戰線), 혁명적 이상이 실현될 수 있는 거점("자 좋다, 바로 종로 네거리가 예 아니냐!/어서 너

61) 정우택, 「종로의 사상지리와 임화의' 네거리」, 『민족문학사연구』 51, 민족문학사연구소, 2013, 123~125쪽 참고.

와 나는 번개처럼 두 손을 잡고,/내을 위하여 저 골목으로 들어가자"—
「네거리의 순이」)이자 조선 그 자체였다.

순이야, 누이야!
근로하는 청년, 용감한 사내의 연인아!
생각해 보아라, 오늘은 네 귀중한 청년인 용감한 사내가
젊은 날을 부지런한 일에 보내던 그 여윈 손가락으로
지금은 굳은 벽돌담에다 달력을 그리겠구나!
또 이거 봐라, 어서.
이 사내도 네 커다란 오빠를……
남은 것이라고는 때 묻은 넥타이 하나뿐이 아니냐!
오오, 눈보라는 '트럭'처럼 길거리를 휘몰아간다.

자 좋다, 바로 종로 네거리가 예 아니냐!
어서 너와 나는 번개처럼 두 손을 잡고,
내일을 위하여 저 골목으로 들어가자.
네 사내를 위하여,
또 근로하는 모든 여자의 연인을 위하여…….
이것이 너와 나의 행복된 청춘이 아니냐?
— 「네거리의 순이」 부분

임화는 「네거리의 순이」에서 지식인 오빠를 시적 화자로 내세워
여직공 누이동생 순이에게 위로의 말을 건네고 있다. 화자는 누이
동생에게 감옥에 있는 애인 때문에 더는 방황하지 말고 노동운동
에 투신하는 "청춘의 정열"을 행복으로 여길 것을 강권(強勸)하고 있
는데, 여기서 임화가 노동운동의 거점으로 삼은 곳이 조선인의 심

장, 종로였음을 알 수 있다. 그러나 「다시 네거리에서」 종로는 과거의 연대와 투쟁을 추억하는 공간으로 변모하게 된다. 임화는 카프가 해산되면서 지난 시절의 투쟁이 실패로 돌아갔음을 인정하는 동시에 그러한 과거로부터의 결별을 선언하게 된다. 물론 시적 화자의 말을 빌려서다.

번화로운 거리여! 내 고향의 종로여!
웬일인가? 너는 죽었는가, 모르는 사람에게 팔렸는가?
그렇지 않으면 다 잊었는가?
나를! 일찍 뛰는 가슴으로 너를 노래하던 사내를,
그리고 네 가슴이 메어지도록 이 길을 흘러간 청년들의 거센 물결을,
그때 내 불상한 순이는 이곳에 엎더져 울었었다.
그리운 거리여! 그 뒤로는 누구 하나 네 위에서
청년을 빼앗긴 원한에 울지도 않고,
낯익은 행인은 하나도 지내지 않던가?
…(중략)…
잘 있거라! 고향의 거리여!
그리고 그들 청년들에게 은혜로우라.
지금 돌아가 내 다시 일어나지를 못한 채 죽어 가도
불상한 도시! 종로 네거리여! 사랑하는 내 순이야!
나는 뉘우침도 부탁도 아무것도 유언장 위에 적지 않으리라.
— 「다시 네거리에서」 부분

임화는 시적 화자의 말처럼 "뉘우침도 부탁도 아무것도 유언장 위에 적지 않으"려 한다. 혁명을 완수하기 위한 지난날의 투쟁을 회

한(悔恨)으로 남기
면서도 그 과거와
의 결별을 고한
다. 말 그대로 '퇴
각(退却)'한 것이다.

시집 『현해탄』 초판본

종로와 종로의 청
년은 이미 죽었기 때문이다. 이제 그는 다시 현해탄을 건넌다. 물론
현해탄을 직접 건너지는 않았다. 작품으로 건너갔다. 그는 현해탄
을 중심으로 한 바다 연작시를 발표하면서 시집 『현해탄』(1938)을 발
간하였다. 그는 끝내 '현해탄 콤플렉스'(김윤식)를 벗어나지 못했던 것
이다.

4. 파란만장한 삶

아득한 산도
가차운 들창도
현기(眩氣)로워 바라볼 수 없는
종로 거리

저 사람의 이름 부르며
위대한 수령의 만세 부르며
개아미 마냥 모여드는
천만의 사람
어데선가
외로이 죽은

나의 누이의 얼굴

찬 옥방(獄房)에 숨지운

그리운 동무의 모습

모두 다 살아오는 날

그 밑에 전사하리라

노래부르던 깃발

자꾸만 바라보며

…(중략)…

원컨대 용기이어라.

— 「9월 12일–1945, 또다시 네거리에서」 부분

조선공산당이 재건되면서 종로 네거리에는 조선공산당 1인자 박헌영의 연설이 울려 퍼지면서, 임화는 다시 '용기'를 갖게 된다. 물론 그는 군중의 행렬에 적극 가담하지 못한다. 친일 행적이 있었기 때문이다. 그는 일제말 사상보국연맹, 조선문인보국회에 가입하였고, 일제의 전시영화 대본을 교열하기도 했다. 그래서 그는 이 시에서 "부끄러운/나의 생애의/쓰라린 기억이/포석마다 널린/서울 거리"라고 말했던 것이다.

임화는 예전에 빼앗겼던 종로를 수복(收復)한 '위대한 수령'을 따라 "그리운 동무의 모습/모두 다 살아오는 날/그 밑에 전사"하겠다고 말한다. 그는 일제에 빼앗겼던 조국, 종로가 김일성에 의해 해방되었다고 믿었고, 조선문학건설본부와 조선문학가동맹에서 활약하면서 '조선의 레닌' 박헌영을 추종하여 마침내, 1947년 월북한다. 그리고 그는 1950년 한국전쟁 때 '문화공작대'로 남한에 들어오지만 인민군이 낙동강 전선에서 퇴각하자 다시 북한으로 올라간다. 하지만 1953년 남로당계 인사들의 대대적인 숙청 작업이 진행되는 가운데, 임화는 당해 8월 6일 조선민주주의인민공화국 전복 음모와 '미제의 스파이'라

1920년대 후반 종로

는 죄목으로 처형당해 생을 마감하게 된다. 말 그대로 파란만장(波瀾萬丈)한 삶을 살았던 것이다.

만약 임화가 일본에서 사회주의 사상에 경도되지 않았다면, 혹은 문학을 하지 않았다면 그의 인생은 판이해졌을 것이다. 그의 신념이었던 사회주의. 사회주의는 그의 인생을 끊임없이 흔들었다. 어쩌면 흔들린 것은 임화가 아니라, 불완전했던 사회주의 자체였을지도 모른다.

낙산의 집에서 보성고보를 가려면 종로 4정목이나 5정목으로 나와서 종로통을 걸어, 탑골공원을 거쳐, 종로 네거리에서 우회전하여 공평동 견지동 쪽으로 등교했던 임화[62]. 그는 종로에서 살았고, 종로에서 혁명을 이루고자 했으며, 종로로 돌아오고자 했다. 이념의 문제를 떠나, 그가 지키고자 했던 종로는 조선의 심장부이자 조선의 마지막 보루(堡壘)였던 것이다.

그리고 지금 종로는 '정치 1번지'가 되었다.

---

62) 정우택, 앞의 글, 116쪽.

임화에게 있어 비평은 비평가의 능동적인 실천에 의해서만 가능한 것이었다. 여기서 실천은, 김남천처럼 옥중체험과 같이 직접 신체로 경험하는 것을 말하는 것이 아니라, 작품의 잉여 세계를 발견하면서 그곳에서 현실의 '레알(real)'을 찾아내는 것 글쓰기-실천이었다. 어쩌면, 임화가 진짜로 꿈꾸고 있던 이상향은 문학작품의 (구성된) 세계가 아니라, 문학작품 안에 숨겨진 (잉여의) 세계가 아니었을까.

현철

황석우

김억

박종화

염상섭

김동인

김남천

임화

비평

임화, 비평가의 임무와 문학의 역할을 제시하다

비평
임화, 비평가의 임무와 문학의 역할을 제시하다

1. 뒤늦게 출현한 문종(文種), 비평

사물의 미추(美醜)와 함께 그 가치를 판단하는 '비평(批評, criticism)'. 그 중 문학비평은 한국에서 근대소설과 근대시가 태동하던 때에 함께 출현하였다. 그러나 근대 초기 비평(평론)이라는 장르는 다른 장르에 비해 그 성격이 모호하여 정의하기 쉽지 않았다. 전통적 한문문학 양식인 서(序), 발(跋), 전(傳), 기(記)와 비슷하면서도 딱히 뭐라 규정할 수 없는 글을 근대 초기에는 '논문'이나 '잡문(雜文)' 등으로 정의하였다. 시와 소설처럼 서구로부터 수입된 개념이었기 때문이다.

서구에서 비평은 근대적 예술 장르로서의 '문학(literature)' 개념과 함께 출현하였는데, 문학이라는 말의 어원인 '리테라(litera)'는 '읽을 수 있는 능력'이라는 뜻이 있다. 18세기에 이르러서야 literature는 근대적인 의미에서 창조적인 작품들을 의미하는 말로 사용되기 시작했다. 이에 따라 문학의 가치를 정의하는 기준으로 '취향'과 '감수성'이 설정되면서 비평(criticism) 역시 취향과 감수성과 연관되어야 했다. 다시 말해 비평은 단순히 작품을 해석 혹은 분석하는데 그치는 것이 아니라, 문학이라는 존재 자체를 묻는 동시에 개별 작품의 의미까지 밝혀내야 했다.

이에 따라, 비평은 메타-텍스트이므로 그 대상이 되어야 할 텍스트의 양이 많지 않았던 근대 초기에는 당연히 시와 소설보다 장르적 인식이 늦어질 수밖에 없었다. 즉, 문학비평은 문학이란 무엇이고 문학작품의 의미하는 바가 무엇인지를 논의하는 것인데, 비평의 대상이 되는 문학작품이 어느 정도 축적되기까지, 문학비평은 제 순서를 기다려야 했던 것이다. 따라서 문학비평은 문학작품이 어느 정도 축적되어 어떤 작품이 좋은 것이고 나쁜 것인지, 어떻게 써야 하는지 등을 논의해야 할 때가 오기 전까지는 장르로 인식되지 않았을 뿐더러 비평 텍스트도 존재하지 않았다.

본격적으로 '비평'이 출현하게 된 기점을 대부분의 연구자는 이광수의 「문학이란 하오」(『대한매일신보』1916, 11.10~23)라는 글에서 찾는다. 이광수는 서구의 '문학(literature)' 개념을 도입하여 전통적인 '문(文)'의 개념에서 벗어나 문학을 예술의 영역으로 인식할 것을 주장하였다. 특히 그는 이 글에서 문학을 운문문학과 산문문학으로 나누고, 다시 산문문학을 소설, 극, 논문, 산문시로 구분하였다. 여기서 비평은 논문의 하위 범주에 속한다고 할 수 있는데, 이광수는 다른 문학 텍스트에 표현된 것을 대상으로 발표된 글을 비평으로 보았다. 물론 비평이 근대에 새롭게 출현한 문종(文種)임을 밝히긴 했지만, 명확하게 인식하지는 못

춘원 이광수(1892~1950)

자산 안확(1886~1946)

했다. 아직, 문학 텍스트 자체가 희귀했기 때문이다.

안확 역시 「조선의 문학」(「학지광」 6, 1916)에서 문학을 순문학과 잡문학으로 나누고, 잡문학 하위 범주를 서술문과 평론문으로 나누었지만, 여전히 비평이라는 장르에 대한 인식은 명확하지 않았다. 이광수와 같은 이유였다. 비평이라는 새로운 글쓰기 양식이 있음을 밝혀내긴 했지만, 그 인식은 피상적 수준에 머무를 수밖에 없었다.

본격적으로 비평을 새로운 문종(文種)으로 인식하고, 비평이 시와 소설과 같이 문학의 한 영역으로 자리를 잡기 시작한 것은 1920년대에 들어서면서부터다. 이광수와 안확 등의 논의로부터 몇 년 지난 1920년 초, 비평이라는 낯선 글은 많은 오해와 혼동을 불러일으켰다. 비평(비판으로 여겨졌다)을 받은 작가는 그 비평을 한 작가를 다시 비평하고, 삿대질이 난무하는 말싸움으로 비평이라는 장르는 시작되었다.

2. 논쟁

삿대질과 고성이 오가는 듯한 인상을 주는 초기 단계의 비평은 대표적으로 시의 정의를 둘러싼 현철과 황석우의 '신시논쟁'을 예로 들 수 있다. 이들은 『개벽』 5호부터 8호까지 소위 '끝장토론'을 이어가는데, 마지막 황석우의 글이 "개인적 감정 문제가 도를 넘는다는 이유"로 '게재 불가'임을 『개벽』 9호(「편집실로부터」)에서 밝히기도 하였다. 인신공격으로 봐도 무방할 만큼 논쟁이 치열했던 것이다. 이들의 논쟁을 정리하면 다음과 같다.

① 현철, 「시란 무엇인가」(『개벽』, 5, 1920. 11)
② 황석우, 「희생화와 신시를 읽고」(『개벽』, 6, 1920. 12)
③ 현철, 「비평을 알고 비평을 하라」(『개벽』, 6, 1920. 12)
④ 황석우, 「주문치 아니한 시 정의를 알려 주겠다는 현철 군에게」(『개벽』, 7, 1921. 1)
⑤ 현철, 「소위 신시형과 몽롱체」(『개벽』, 8, 1921. 2)

글의 제목만 봐도 쉽게 짐작할 수 있듯이, 비평을 모르는 자가 비평을 하는 것으로 보거나, '안물안궁'(안 물어봤고 안 궁금하다)이라는 말처럼 주문하지도 않

현철(1891~1965)

황석우(1895~1960)

았는데 굳이 시의 정의를 내려고 하는지 의문을 갖는 등 낯뜨거운 논쟁이 이어졌다. 현철은 "민족혼이니 인류혼이니 랭궤지이니 하는 상징적 어투를 늘어놓아 우리 조선 사람의 정신을 어지럽게 하지 말고"(「소위 신시형과 몽롱체」) 황석우가 주체성 없이 외국시만 추종한다고 비판하였다. 물론 이들의 논쟁에서 나타나는 시의 정의 및 특성에 대한 이해, 서구시의 이해 및 모방에 대한 발견 등은 미해결인 채로 끝났지만 근대 초기 우리 시론의 현황을 이해하는데 주요한 몫을 다하고 있다고 볼 수 있다.

또한 김억과 박종화 역시 설전(舌戰)을 이어 간다. 박종화가 『개벽』 「연간평(年間評)」(『개벽』, 31, 1923. 1)에서 김억의 시를 비판하자, 김억은 즉각 '반격'에 나선다.

> 월탄 씨의 평문이 비평되기에는 너무도 내용이 가난하고, 다만 한 감상밖에 지나지 아니한 까닭입니다. 더욱 그의 시평이라는데 이르러서는 거의 뜻할, 또는 가할 만한 아무런 평문될 가치가 없었습니다.
> ― 김억, 「무책임한 비평」(『개벽』 32, 1923. 2)

안서 김억(1895~?)　　월탄 박종화(1901~1981)

「무책임한 비평」이라는 글의 제목에서 알 수 있듯이, 김억의 작품을 평가한 박종화의 비평에 김억은 즉각 반발하고, 자신의 작품 수준을 고려하기보다는, 박종화의 비평 태도를 문제 삼았다. 김억은 감상과 비평을 구별하고 독자의 입장에서 받는 인상을 그대로 적는 감상이 아니라, 작가와 작품을 근본적으로 이해하는 비평을 해야 함을 주장하였다. 박종화 역시 가만히 있지 않았다. 박종화 「항의 같지 않은 항의자에게」(『개벽』, 35, 1923. 5)라는 글에서 자신의 비평을 "가장 진보된 근대적 비평"으로 보고, 김억의 비평을 예전의 오래된 "의고비평"에 지나지 않는다고 비판하였다. 그는 최대한 주관적으로 작품을 비평해야 그 미적 가치가 드러나며, 객관적 비평을 강조하는 것은 18세기 이전의 관점이라고 말하며 김억을 다시 비판하였다.

비평가의 역할에 대한 염상섭과 김동인의 논쟁 역시 '볼만 하다'. 김환이 발표한 작품 「자연의 자각」에 대한 염상섭의 비평 「백악씨의 「자연의 자각」을 보고서」

염상섭(1897~1963)   김동인(1900~1951)

(『현대』, 2, 1920. 3)를 김동인은 다시 비판한다. 염상섭은 김환의 작품을 개성이 없는 "노골적인 자아광고"로 비판하는데, 김동인은 「제월씨의 평자적 가치를 논함」(『창조』 6, 1920. 5)에서 염상섭이 김환을 인신공격을 했다는 것을 다시 비판한다. 비평가는 '작품의 조화된 정도'를 비판해야지, 작가의 인격에 대해 비평을 해서는 안 된다는 것이다. 이에 다시 염상섭은 「여의 평자적 가치를 논함」(『동아일보』 1920. 5. 31)에서 비평가는 '재판관'처럼 작가에 대한 평가와 지도를 할 수 있다고 보면서 김동인의 비판을 반박하였다. 이들의 말은 비록 거칠었지만, 이들의 논쟁을 통해 비평가의 역할이 비로소 조선 문단에 대두하였고, 비평이라는 장르에 대한 인식이 더욱 명확해질 수 있었다.

이제 조선 문단은 비평의 필요성과 비평가의 역할에 주목하기 시작했다.

· "비평에 따르지 않는 작(作) 같이 고독한 자는 없다"(황석우, 「최근의 시단」, 『개벽』 5, 1920. 11)

· "매일 문단에 현출(現出)하는 작품을 비판 없이 일속삼문(一束三文)으로 매거(埋去)하면 일대 손실일 뿐더러 건전한 신문단을 건설하는 사업에

불소한 장애를 초래"(염상섭, 「백악씨의 「자연의 자각」을 보고서」)
- "비평은 창작의 의욕을 격동(激動)하고 창작의 경향을 비판하여 그 작품의 진가(眞價)를 보장"(박종화, 「오호 아문단」, 「백조」 2, 1922. 5)

이상의 글에서 알 수 있듯이 점차 늘어가는 문학작품에 대한 작품평의 필요성이 심각하게 요청되었다. 각종 현상공모와 신문 및 동인지 발간이 늘어가면서 우후죽순 생산되는 작품의 질적 하락을 방지하기 위한 자구책으로 비평가의 역할을 작가들 자신이 직접 자임하기 시작했다. 따로 '비평가'라는 이름을 가진 전문가가 아니라, 당시 대부분의 작가 모두가 작가이자 비평가이어야만 했다. 자신의 작품을 옹호하거나, 올바른 신문학 건설 또는 건강한 조선 문단의 미래를 위해 이들의 논쟁은 더욱더 첨예해졌다.

그러나 카프가 등장하면서 활발히 진행되었던 문학-논쟁은 잠시 멈춰야 했다. 계급의식의 반영을 최우선적 가치로 보는 카프 진영의 문학론이 전개되면서 비평 양상은 문학-논쟁이 아니라, 이념-논쟁으로 급격히 변모하였다. 그 중심에는 카프의 서기장 임화가 자리하고 있다.

이제, 조선 문단의 논쟁은 임화와 임화가 아닌 자, 카프와 카프가 아닌 자와의 치열한 국지전으로 이어진다. 조선 문단은 카프 진영과 민족주의 진영으로 나뉘면서 신문학 또는 조선 근대문학의 발전을 위한 헤게모니 쟁탈전에 돌입(突入)하게 되면서 '비평'의 역할과 임무는 더더욱 커져만 갔다.

3. 비평과 실천

카프 진영은 민족주의 진영을 혹독하게 비판하였다. 부르주아 사상에 빠져 민족이 처한 현실을 외면한다고 비판하거나, 불필요한 감상성 혹은 낭만성에 경도되었다고 지적하면서 카프 진영의 비평가들은 카프-아닌-작품을 모두 적으로 몰아세웠다. 즉, 카프 계열의 비평론은 카프가 아닌 것을 비판하면서 스스로 경계를 형성해 나가며 조직된 것이다. 동시에 카프 진영 스스로 혹독한 자기-비판 과정을 거쳐 문학의 정치화를 통해 문학을 프롤레타리아 계급 투쟁의 자리에 위치시키려 했다. 그들에게 있어 문학은 정치 투쟁의 도구로 기능하면서 유물 변증법과 같은 소위 '과학적 문예비평'을 완성하고자 했던 그들의 불꽃 튀기는 논쟁은 한국문학사에서 보다 심도 있는 비평과 문학론의 토대가 되었음은 두말할 나위가 없을 것이다.

특히 임화를 비롯한 김남천, 박영희, 안함광 등이 개진한 마르크스주의 비평은 실제비평과 병행하면서 자기 자신만의 논리를 구축하였다. 단순히 작품에 대한 인상비평에 머물던 마르크스주의 비평을 한 단계 도약시키면서 이들은 리얼리즘과 계급의 문제, 문학의 역할 등 문학론 전반의 체계를 만들어 갔다. 이 가운데 카프 계열의 문학론이 분기점을 맞이하게 되는 중대한 사건 하나가 발생한다. 바로 임화와 김남천의 '물 논쟁'이다. 김남천이 자신의 옥중 체험을 바탕으로 발표한 단편소설 「물!」(『대조』, 1933. 6)에 대해 임화가 혹독하게 비판한다.

인간이 자유 없이는 얼마나 살기 어려운 것인가, 더구나 인류의 역사를 전방으로 이끌어 나가려는 이 사회의 '도덕적 인간들'–그 계급을 대표한–이 그들을 부자유하게 만든 현실 상태에 대하여 여하히 대항해 나간다는–물론 실패와 성공은 구체적 문제이나–다른 한쪽에 '인간'의 욕망은 조금도 나타나 있지 않다. 뿐만 아니라 이러한 결함으로 인하여 이른바의 '산 인간'='구체적 인간'은 이 작품에 어느 곳에도 나타나 있지 않다. XX주의자도 학생도, 담합(談合) 사건에 들어온 일본인도 다 '물을 갈망하는 인간'이란 개념 하에 추상적이 되어 버리고 말았다. 인간의 구체성의 보다 더 구체적인 구체성인 인간의 계급적 차이는 조금도 '살아' 있지 않다.

— 임화, 「6월 중의 창작」(『조선일보』, 1933. 7. 18)

임화는 김남천이 「물!」이라는 작품을 통해 '유물론자 리얼리스트'서의 면모를 보여 주었다고 칭찬하면서도 현실의 절반만을 보여 주는 것에 그쳤다고 비판하였다. 임화에 따르면 김남천의 작품(작가의식)은 무더위에 좁은 방에 갇힌 화자의 신체적 본능(갈증 해소를 위한 생물학적 요구)을 아주 잘 묘사하였지만, 그 억압된 신체를 계급투쟁의 방향으로 이끌어 가려는 정념(pathos) 혹은 투쟁 의지는 부족하다는 것이다. 이에 질세라 김남천은 다음과 같은 결의에 찬 말을 일갈(一喝)한다.

· "나는 물론 나 자신이 소부르주아 출신이고 동시에 나의 세계관이 불확고하다는 것을 누구의 앞에서라도 감추고자 하지 않는다. "
— 김남천, 「임화에게 주는 나의 항의」(『조선일보』, 1933. 8 .1)

· "작품을 결정하는 것은 작가이며 작가를 결정하는 것은 어떤 혹자의 이론보다도 그 당자의 실천이다. 그러므로 작품을 논평하는 기준은

그의 실천에 두어야 하는 것이다. 이것에 대하여 무이해한 비평가는 그가 변증법적 유물론을 백만번 운운하여도 진실한 맑스주의 평가는 될 수 없는 것이다.

— 김남천, 「임화에게 주는 나의 항의」(『조선일보』, 1933. 8. 1)

· "소부르주아 출신 그리고 미완성적인 인텔리겐차의 일(一)분자인 김남천 자신의 세계관의 불확고를 대중의 앞에 발표함에, 그리고 그것을 엄격한 자기비판에 의하여 정산하고자 노력함에 아무러한 수치도 또한 정치가적 불안도 느끼지 않는다"

— 김남천, 「문학적 치기를 웃노라」(『조선일보』, 1933. 10. 12)

김남천은 자신 있었다. 옥중 체험을 실제로 한 작가로서 자신의 글쓰기는 실천 그 자체였지만, 다른 작가들에게 감옥은 상상 속의 문학적 소재에 불과했다. 김남천에게 있어 임화의 비

김남천(1911~1953)   임화(1908~1953)

평은 실천이 없는 비평, 진실한 맑스주의 비평이 아닌, 한낱 '무이해한 비평가'의 평가에 불과했던 것이다. 이 '물 논쟁' 이후 카프 진영의 비평론은 양상이 크게 달라진다. 김남천은 이후 고발문학론→모랄론→풍속론→로만 개조론→관찰 문학론 등의 궤적을 따라 창작 방법론이 구성되어 갔고, 임화 역시 그와 같이 신체적 한계 혹은 물질적 한계를 초월할 수 있는 '계급의식' 혹은 '정치 투쟁을 향한 열

의'가 문학작품의 인물에게, 그리고 그 인물을 그려 낸 작가에게 얼마나 있는지를 문제 삼으며, 자신의 문학론을 개진해 나갔다. 이들은 조선의 현실을 구체적으로 인식하고 이를 형상화하려는 문학이 얼마나 강력한 것인지, 얼마나 중요한 것인지 믿고 있었고, 믿기 위해서 알아야 했다.

다른 방법론이지만 같은 곳을 보고 있는 이들을 비롯한 카프 계열의 비평가들은 식민지 현실에 대한 이들 나름의 응전 방식으로 그와 같은 글쓰기-비평을 선택했다. 문학을 정치의 도구로 여겼지만, 이들은 문학을 통해 세상을, 식민지 현실을 변혁시키고 극복하고자 했다. 그 어느 때보다 '리얼리즘'에 대한 고민과 반성이 깊었으니, 카프가 해산되고 그 공백을 메우려는 이들의 낙담한 실천(글쓰기) 역시 심드렁하게 읽을 수 없는 이유가 여기에 있다. 이들에게 비평은 (문학적) 실천, 앙가주망(engagement) 그 자체였다.

4. 적극적인 미학의 체현자, 비평가

식민지 조선에 태어난 임화는 마르크스주의에 입각한 계급투쟁을 통해 현실과 시대를 극복 또는 전복하고자 했다. 작품과 현실의 괴리 즉, 소설의 관념성과 현실 인식의 차이를 좁히려는 임화에게 비평은 하나의 '인식-도구'였다. 그에게 있어 세계는 문학을 통해 구성되고 물질화되며 파악할 수 있는, 손에 잡히는 것이 될 수 있었다. 그는 '해석'과 '평가'가 통일을 이루는 비평, 해석에만 몰두하여 세세한 것 하나하나를 핀셋으로 집어내는 비평을 경계하면서 동시에 '비평정신'의 부재를 비난한다. 비평가는 자기 나름의 비평정신을 토대로 작품을 평가해야 하며, 이때 평가는 사회적, 정치적, 사상적 맥락에서 전개되어야 한다는 것이다.

임화에 따르면 카프의 비평은 "적극적인 미학의 체현자"(「조선적 비평의 정신」, 『조선중앙일보』, 1935. 6. 25)였으니, 비평은 문학의 뒤에 오는 것, 문학을 대상으로 하는 메타-텍스트에 머무는 것이 아니라, 작품에서 새로운 세계를 발견하고 새 영역을 창조해야 한다. 이른바 '창조적 비평'(「창조적 비평」, 『인문평론』, 12, 1940. 10)이 바로 그것인데, 임화에게 있어 비평은 비평가의 능동적인 실천에 의해서만 가능한 것이었다. 여기서 실천은, 김남천처럼 옥중체험과 같이 직접 신체로 경험하는 것을 말하는 것이 아니라, 작품의 잉여 세계를 발견하면서 그곳에서 현실의 '레알(real)'을 찾아내는 것 글쓰기-실천이었다. 어쩌면, 임화가 진짜로 꿈꾸고 있던 이상향은 문학작품의 (구성된) 세계가 아니라, 문학작품 안에 숨겨진 (잉여의) 세계가 아니었을까. 결국 자격, 지위, 계급(계층) 등을 불문하고, 볼 줄 아는 사람만 볼 수 있다는 말이다.

그러니, 누구나 비평을 할 수 있지만, 아무나 비평가가 될 수 있는 것은 아닌 듯하다.

소월의 작품은 좌우 진영 논리와 전통과 현대 논쟁에서 벗어날 수 있는 '민족문학', '순수문학'이라는 타이틀을 얻었기 때문에, 지금까지 그의 작품이 사랑받을 수 있었던 것이다. 물론, 친일도 하지 않았고, 요절했다는 그의 전기적 사실도 정전화에 적지 않은 도움을 주었을 것이다. 여기서 한국 문단과 학계는 소월의 작품에 가치를 부여하기 위해 출처 불분명한 한(恨)이라는 개념을 '무비판적'으로 사용했던 것이고, 그것이 지금까지 '무비판적'으로 받아들여진 것이다.

시집 〈진달래꽃〉 초판본

진달래

김소월, 조선 최초의 근대적 연시(戀詩)를 짓다

진달래

김소월, 조선 최초의 근대적 연시(戀詩)를 짓다

1. 민족시인, 김소월

한국을 대표하는 '민족시인' 또는 '국민시인'이라 불리는 소월(素月) 김정식(金廷湜1902~1934). 우리 국민 가운데 그의 시 한두 줄도 읊지 못하는 사람은 드물 것이다. 중고등학교 교과서에 단골처럼 등장하는 그의 작품은 누구나 쉽게 읽을 수 있고 친숙하다. 그의 작품 대부분이 장삼이사(張三李四)의 흔한(때로는 매우 각별한!) 사랑, 그리움, 이별 등을 애절하게 노래한 조선 최초의 근대적 '연시(戀詩)'였기 때문이다. 그러나 무엇보다도 대중적 공감과 친화력을 확보할 수 있었던 가장 큰 요인을 꼽자면 한국 전통적 리듬감(민요조)을 탁월하게 구현해 낸 점이다. 이에 따라 그는 '한국의 전통적인 한(恨)을 노래한 시인'이라는 극찬을 받으며 명실공히 한국을 대표하는 시인이 되었다.

그러나 소월은 생존 당시 그다지 크게 주목받지도 못했을뿐더러 불행한 삶을 살았다. 그의 스승 김억이 그를 '민요시인'이라고 칭하였지만, 그의 시는 당시 문단의 유행 바깥에 있었다. 프랑스 상징주의 시와 사회주의 이론이 유입되면서 보다 '모던'하고 '이념'적인 작품들이 득세하였지만, 소월의 시는 그와 정반대의 결을 가지고 있었다. 더욱이 소월은 관동대지진으로 일본 유학을 제대로 마치지 못한 채 귀향하여 할아버지가 경영하는 광산업을 도왔지만, 광산업의 실패로 가세가 크게 기울었다. 처가가 있는 구성군에서 동아일보지국을 개설하고 경영하였으나 이 역시 실패하였다. 결국, 그는 1934년 고향 곽산

인문평론(1939~1941)

에 돌아가 아편을 먹고 자살하여 불귀(不歸)의 객(客)이 되었다. 그러나 소월은 친일 행적이 전혀 없었다. 친일하지 않고 요절한 시인. 그를 '신화화'하기에 충분하다.

소월은 1920년 「창조(創造)」에 「낭인(浪人)의 봄」 외 4편을 발표하면서 작품 활동을 시작하였다. 그는 1925년 그동안 써 두었던 전 작품 126편을 시집 『진달내꽃』에 묶는다. 물론 스승 김억을 제외하고 당대 평론가나 작가 중에 소월의 시를 제대로 알아본 사람은 극히 드물었다. 박종화는 소월의 「진달래꽃」을 "사람으로 하야금 눈물 솟는 그리고 또다시 섭섭하고도 무엇을 일흔듯은 마음을 갓게하는 妙作"(「문단의 1년을 추억하야」, 『개벽』, 1923. 1)이라고 극찬하였고, 김동인은 "그는 자기의 작품에 충실된 사람이다. 朝鮮 情調를 가장 잘 理解하는 사람이고 조선 民衆과 詩歌를 접근시킬 가장 큰 人物"(「내가 본 詩人 金素月君을 論함」, 『조선일보』, 1929. 11. 14)로 보았지만, 김기진을 비롯한 카프 진영에서는 "보잘 것이 없다", "단순히 리리시즘인 것"(김기진, 「현 시대의 시인」, 『개벽』, 1925. 4) 등의 혹평을 가하였고, 민요시 운동을 주도하였던 주요한은 김소월 시의 탁월함보다는 "민요적 기분"(「문단시평」, 『조선문단』, 1924.

10)만 언급하였다. 이에 소월은 절치부심한 끝에 그의 생애 최초이자 마지막인 시론 「시혼(詩魂)」을 발표하면서 그동안 소외당했던 설움을 폭발시킨다.

> 그러한 우리의 靈魂이 우리의 가장 理想的美의 옷을 닙고, 完全한 韻律의 발걸음으로 微妙한 節操의 風景 많은 길 위를, 情調의 불붓는 山마루로 向하야, 或은 말의 아름답은 샘물에 心想의 적은 배를 젓기도 하며, 잇기도 든 慣習의 崎嶇한 돌무덕이 새로 追憶의 수레를 몰기도 하야, 或은 洞口楊柳에 春光은 아릿답고 十二曲坊에 風流는 繁華하면 風飄萬點이 散亂한 碧桃花 꽂닙만 저훗는 움물 속에 卽興의 드래박을 드놋키도 할때에는, 이곳 니르는 바 詩魂으로 그 瞬間에 우리에게 顯現되는 것입니다.
>
> — 김소월, 「시혼(詩魂)」 부분(『개벽』, 1925. 5)

오산학교 재학 시의 김소월(왼쪽). 사진과 자손의 진술을 토대로 만든 그림

이 당시 김억은 민족시형을 위해 민족적 정서를 담을 수 있는 정형시를 고안해 내는 것에 매진하고 있었다. 김억에 따르면 시인 각자의 개성은 보장되기 어려웠지만, 소월은 오히려 시인 개성을 매우 중요시했다. 그에게 있어 개성은 곧 '영혼'의 문제인데, '시혼'은 '영혼'이 '완전한 운율'을 바탕으로 '미묘(微妙)한 절조(節操)'를 만들어 내게 하는 작동원리였다. 그에 따르면 정조를 고조시키거나 말의 아름다움에 젖을 때, 관습을 거스르면서 추억에 젖거나 자연의 아름다운 현상에서 즉흥적으로 시심에 젖는 경우에 시혼은 현현(顯

現)하는데, 시혼은 절대적인 것, 완전한 것에 가까웠다. "詩魂亦是 本體는 靈魂 그것이기 때문에, 그들보다도 오히려 그는 永遠의 存在며 不變의 成形일 것은 勿論입니다"(소월, 「詩魂」). 그러나 김억은 소월의 '시혼'에 대해 부정적인 평을 가하였다. "詩魂 그 自身이 內部的 깁피를 가지지 못한 것이 遺憾입니다."(김억, 「시단의 일년」, 「개벽」,

시집 〈진달래꽃〉 초판본

1923. 12) 우리 생각과 다르게 한국 전통의 민요조 리듬을 탁월하게 구사하고 있는 소월이 오히려 시인의 개성을 적극 옹호하는 아이러니가 발생했던 것이다.

그렇다면, 이런 질문들을 떠올려볼 수 있다. 당대에 무시당했던 소월은 어떻게 '한국의 전통적인 한을 노래한 시인'이 되었는가. 그리고 소월이 그런 호칭을 받는 이유는 무엇인가. 아울러 '한국의 전통적인 한(恨)'은 무엇인지 궁금해진다. 이쯤 되면 소월의 작품성을 떠나 누군가가 '기획'하고, 어떤 특정한 이유에 의해 '구성'되었다는 '음모론'까지 생각하게 된다.

2. 진달래라는 상징

소월의 시집은 본인이 직접 발간한 『진달래꽃』(1925), 김억이 엮은 『소월시초』(1939), 정음사 간행 『소월시집』(1956, 1962)이 전부였고, 약 270여 편의 작품을 남긴 것으로 알려졌다. 즉 소월은 단 한 권의 시집만이 세상에 남긴 셈이고 사후의 시집은 『진달래꽃』의 이본(異本) 정도로 볼 수 있겠다.

소월시초   소월시집

소월의 작품이 본격적으로 문단에서 혹은 연구자들 사이에서 언급되기 시작된 것은 한국전쟁 후 '김소월 특집'이었다. 13명의 시인과 평론가가 1959년 8월 『신문예』에서 「특집, 소월 시를 말한다」에 참여하였고, 11명의 시인과 평론가가 1960년 12월 『현대문학』에서 「소월 특집」에 참여하면서 그의 작품들이 다양하게 분석되었고 해석되었다. 그러나 이보다 앞서 소월에게 최초의 문학사적 의미를 부여한 공로자가 있었다. 바로 서정주였다. 그는 「시의 표현과 그 기술」(조선일보, 1946. 1. 20~24), 「김소월 시론」(『해동공론』, 1947. 4) 등의 글에서 서정주는 소월 시에 나타난 그리움과 기다림의 정서를 "비애와 회고에만 젖어 있는 것"이 아니라 "조선적 입상(비너스)의 출현"에 대한 기대로 가득한 "소극적인 형태의 현실 저항의 참된 자유의지"라고 규정하였다. 그는 소월의 대표작 「진달래꽃」을 '인생 여정의 기미에 통달한 정서의 시'로 평가하면서 후대에 걸쳐 「진달래꽃」은 "서정시가 도달할 수 있는 궁극적 경지"[63]에 이르렀다는 평가와 함께 조선의 여성적, 민족적, 민요적 작품으로 자리매김하게 된다.

"민족의 보편적인 정서를 민요조의 율격에 담은 격조 높은 시"(김윤식 외, 『디딤돌문학』, 고등 18종 문학교과서 자습서, 2002)라는 교과서 혹은 교육계의 정의가 말해 주듯이 「진달래꽃」이 '민족의 보편적인 정서'를 담고 있다는 것에 대부분의 사람은 동의할 것이다. 그렇다면, 민족 보편

---

63) 권영민, 『한국현대문학사 1』, 민음사, 2002, 269쪽.

의 정서는 '진달래'라는 소재에서 비롯되는 것인지, 작품에 표현되고 있는 특정한 정서(감정)에서 비롯되는 것인지 묻지 않을 수 없다. 일단 '민족'이라는 개념 자체가 만들어진 '상상의 공동체'(베네딕트 앤더슨)이며, 우리가 흔히 말하는 한국인(조선인) 대표적인 정서 '한(恨)' 역시 일제 식민 담론으로 만들어진 개념이기 때문이다. 물론, 이 글이 소월의 탁월한 작품성에 이의를 제기하는 것은 아니다. 다만, 우리가 쉽게 생각'되는' 고정-관념에 대해 재고(再考)할 기회를 갖고자 한다. 먼저 '진달래'라는 소재에 대해 생각해 보자.

진달래는 봄이 되면 우리나라 어느 곳에서나 볼 수 있는 친숙한 꽃이다. 진달래는 메마르고 각박한 땅에서도 잘 자랄 수 있는 강한 생명력과 번식력을 갖고 있어 오랜 세월을 두고 우리 겨레와 애환을 함께하며 살아온 한국의 꽃이다.[64] 그러나 진달래꽃이 언제부터 우리 민족에게 가장 친근한 꽃으로 인정받고, 전통적 정서와 이미지를 가진 문학적 소재로 간주하였는지는 알 수 없다. 진달래꽃은 두견화(杜鵑花), 척촉(躑躅)이라는 다른 이름으로도 불리는데, 중국 촉나라 임금 망제가 패망한 후 복위를 꿈꾸었으나 뜻을 이루지 못하고 죽어 그 넋이 두견새가 되었고, 두견새는 촉나라로 돌아가고 싶다는 뜻으로 '귀촉(歸蜀) 귀촉(歸蜀)' 하면서 피맺힌 울음을 울었고, 그때의 피가 스민 땅에서 두견화라는 붉은 꽃이 피었다는 것이 두견화의 전설이다. 두견화는 동양의 시가(詩歌) 문학에서 이승에서 이루지 못한 한(恨)이 세계를 바꾸고 몸을 바꾸어서까지 나타나는 슬픔과 원한의 상징이 되었다.[65]

---

64) 이상희, 『꽃으로 보는 한국문화 3』, 넥서스북, 2004, 140쪽.
65) 이상숙, 「'진달래' 이미지의 변화와 그 의미」, 『통일정책연구』 17권 2호, 2008, 185쪽.

진달래가 예술 장르의 소재로 쓰이기 시작한 연원을 추적해 보면 삼국유사의 「헌화가」나 고려가요 「동동」에서부터 찾을 수 있다. 소를 끌고 가던 노인이 수로부인에게 바친 척촉(躑躅)이라는 꽃이 바로 진달래의 한자 표기이고, 서거정의 한시 「척촉화」, 구전되는 노래 「화전가」나 가사 「노처녀가」, 민요 「꽃노래」 등등 오랜 세월을 거쳐 진달래는 강한 생명력과 슬픔 등을 형상화하는 민중적 소재였다. 본격적으로 진달래가 근대문학에 등장하게 된 것은 소월의 작품을 비롯해 이원수의 동요 「고향의 봄」(1926), 박팔양의 「봄의 선구자」(1930), 모윤숙의 「진달래 운명하네」(1931), 서정주의 「귀촉도」(1948), 이영도의 「진달래—다시 4·19날에」(1968) 등 수없이 많은 작품에 진달래가 등장한다.

　　진달래꽃은 봄의 선구자외다.
　　그는 봄의 소식을 먼저 전하는 예언자이며
　　봄의 모양을 먼저 그리는 선구자외다.
　　비바람에 속절없이 지는 엷은 꽃잎은
　　선구자의 불행한 수난이외다.

　　어찌하여 이 가난한 시인이
　　이같이도 그 꽃을 붙들고 우는지 아십니까?
　　그것은 우리 선구자들 수난의 모양이
　　너무도 많이 나의 머릿속에 있는 까닭이외다.
　　　　　　　　　　　　　　　　— 박팔양, 「봄의 선구자」 부분

　　눈물 아롱아롱
　　피리 불고 가신 님의 밟으신 길은

진달래 꽃비 오는 서역 삼만리
흰 옷깃 여며여며 가옵신 님의
다시 오지 못하는 파촉(巴蜀) 삼만리

신이나 삼아 줄 걸, 슬픈 사연의
올올이 아로새긴 육날메투리
은장도 푸른 날로 이냥 베어서
부질없는 이 머리털 엮어 드릴 걸

초롱에 불빛 지친 밤하늘
굽이굽이 은핫물 목이 젖은 새

차마 아니 솟는 가락 눈이 감겨서
제 피에 취한 새가 귀촉도 운다
그대 하늘 끝 호올로 가신 님아

— 서정주, 「귀촉도」 전문

눈이 부시네 저기
난만히 멧등마다

그날 쓰러져 간
젊음 같은 꽃사태가

맺혔던
한이 터지듯
여울 여울 붉었네

그렇듯 너희는 지고
욕처럼 남은 목숨

지친 가슴 위엔
하늘이 무거운데

연련히 꿈도 설워라
물이 드는 이 산하

— 이영도, 「진달래—다시 4.19날에」 전문

진달래는 크게 나누어 두견화(杜鵑花), 척촉(躑躅) 등 슬픔의 이미지
와 부정적 현실을 초극하려는 희망의 이미지로 작품에 등장한다.
대체로 슬픔의 이미지에는 그리움과 기다림의 정서가 연관되어 있
고, 희망의 이미지에는 식민지 조선이나 4.19 등의 민주화를 열망하
는 강렬함과 희생자에 대한 추모의 정서가 연관되어 있다. 특히 이
영도의 시조 「진달래」가 매년 4월 19일 서울 수유리에서 4.19혁명 기
념식이 있을 때마다 자주 불리던 노래 가사라는 사실은 잘 알려져
있지 않다. "해마다 4월이 오면 접동새 울음 속에 그들의 피 묻은 혼
의 하소연이 들릴 것이오. 해마다 4월이 오면 봄을 선구하는 진달래
처럼 민족의 꽃들은 사람들의 가슴마다에 되살아 피어나리라"(이은상,
⟨사월 학생 혁명 기념탑문⟩, 1963)는 구절처럼 진달래는 한국인 특유의 정서
'한(恨)'을 담고 있는 소재였다.

3. 만들어진 정서, '한(恨)'

'한(恨)'이라는 말은 한국문화와 한국예술의 특성과 정체성을 언급할 때 빠짐없이 등장한다. "시가문학의 정통적 전래 정서"(김열규, 『한국문학의 두 문제』, 1985, 학연사)라는 언급에서 알 수 있듯이 한(恨)은 우리 민족의 정체성을 형성해 온 유전인자로서 우리 문학의 원형(Archetype)처럼 여겨지고 있다. 특히 문학에서 한(恨)은 소월의 시를 필두로 논의되는데, "소월은 바로 우리 민족의 심층에 전승되고 있는 이 같은 한의 감정을 시화했기 때문에 민족적인 공감을 받을 수 있었던 것으로 보인다"(오세영, 「한의 미학-소월시 축제 심포지엄」, 오산학교, 2005. 4. 16) 등의 언급처럼 '소월 시=한(恨)=조선 민족'이라는 등식이 학계와 대중에게 일반화되었다. 그렇다면 '한(恨)'이 무엇인지 궁금해진다.

　한(恨)에 관한 학계나 문단의 담론은 크게 두 가지로 나뉜다. 하나는 '한(恨)'이나 '정한(情恨)'의 용어로 소월을 위시한 시가문학에서 논의한 것, 다른 하나는 한(恨)을 '원한(怨恨)'의 관점에서 서사문학(예컨대, 판소리)을 논의한 경우다. '한(恨)'이란 글자를 살펴보면, 마음 심(心) 변(忄)에 한정할(될) 간(艮), 그칠(머무를) 간(艮)으로 되어 있다. 즉, 마음이 나아갈 바가 가로막힌 상황, 마음의 움직임이 정지된 상황이다. 따라서 '한이 맺히(힌)다'는 마음이 벽(한계)에 부딪쳐 방향을 잃고 얽히고 엉킨 상태, 퇴로(방향)가 막혀 고착되고 굳어진 현상이라고 할 수 있다.[66] 다시 말해 한(恨)을 한마디로 정의하면 '마음의 응어리'라고 할 수 있는데, 압박과 구속에서 오는 부정적 의미를 원한이라고 할 수 있다면, 스스로 상정한 목표가 장애 때문에 달성되지 않을 때를 정한이라 할 수 있을 것이다. 예컨대 신분제와 남성중심사회 속에서

---

66) 정금철, 「恨의 정서와 시학—김소월, 서정주의 시를 중심으로」, 『인문과학연구』 21, 2009, 108~111쪽 참고.

구속받고 차별받은 여성의 한은 '원한'(오뉴월 서리)에 가까우며, 남녀의 이별과 그리움은 '정한'(예술로 승화)이라고 말할 수 있다. 한과 비슷한 예술 개념으로 멜랑콜리(melancholy), 모노노아와레(もののあはれ), 비극(悲劇, tragedy) 등을 나열할 수 있는데, 문제는 한국의 한(恨)에는 일종의 패배감 혹은 적대감이 숨겨 있다는 것이다. 미국 여성 작가인 다이앤 존슨(Dane Johnson)은 한을 키워드 삼아 맨부커 국제상을 받은 한강의 『채식주의자』를 분석하면서 한을 "일종의 유니크한 한국인의 민족적 특성 혹은 정신 상황으로서 타인들이나 나라의 적 혹은 역사 그 자체에 대한 특유의 분노"로 정의한 예에서 알 수 있듯이, 한국의 한은 보편적 슬픔과 함께 식민 담론 혹은 여성 담론과 깊은 연관을 맺고 있다.

아니나 다를까, 일본의 미학자 야나기 무네요시(柳宗悅, 1889~1961)에 의해서 한(恨)은 우리 한민족의 정체성이 되어 버린다.

조선의 온 백성이 뼈에 사무치도록 느끼는 것은 끝없는 원한이며 반항이며 증오다. 그리고 분리다. 사람은 사랑 앞에서는 순종하나, 억압에 대해서는 완강하다. 일본은 그 어느 길을 따라 이웃에게 접근하려고 하는 것일까. 평화가 바라는 바라면 무엇 때문에 어리석게도 억압의 길을 택하는 것일까.[67]

야나기 무네요시는 1919년 3.1운동 직후 5월 20일부터 24일까지 일본 『요미우리신문』에 「조선인을 생각한다」는 글을 연재하였고, 조선의 『동아일보』 1920년 4월 12~18일 자에도 그의 글이 번역되어 재

---

67) 야나기 무네요시, 「조선을 생각한다」, 『조선과 예술』, 범우사, 1989.

연재되었다. 그는 일본의 조선에 대한 무단통치를 비판하고 조선인의 고통에 대해 동정과 위로의 눈빛을 보내지만, 결국 그 동정 어린 눈빛 역

야나기 무네요시

시 식민 담론의 연장 아니, 확실한 이론이 되어 버렸다.

> 흰옷은 언제나 상복(喪服)이었다. 쓸쓸하고 부끄럼 많은 마음의 상징이었다. 백성을 흰옷을 입는 것으로써, 항상 상복을 입고 있는 셈이다. 그 민족이 맛본, 고통 많고 의지할 데 적은 역사적 경험이 그러한 의복을 입는 것을 관례로 만든 것은 아닐까. 색이 결핍되어 있음은 생활의 즐거움을 잃은 분명한 증거가 아닌가.[68]

일본인 야나기 무네요시에 의해 조선의 미(美)가 발견된다. 그에 따르면, 조선의 미(美)는 슬픔을 기본 정조로 하는데, 그 슬픔은 역사적 비극이 많은 민족이기 때문에 발현되는 것이고, 그 슬픔의 형상을 여리고 나약한 여성의 이미지로 치환시킨다. 이에 따라 일본=남성, 조선=여성이라는 구도가 자연스럽게 만들어질 수 있었으니, 한(恨)이라는 단어에 대해 우리는 앞으로 좀 더 민감해져야 할 것이다.

그렇다면 소월은 어떻게 '한국의 전통적인 한을 노래한 시인'이

68) 야나기 무네요시, 「조선의 미술」, 앞의 책.

되었을까. 문단과 학계에서 그와 같은 평가가 이루어지기 전에, 소월의 작품은 이미 '정전(正典)'이 되었다. 미군정기 국정국어교과서 상권(1946)에 「엄마야 누나야」가, 하권(1947)에 「초혼」이 실렸고, 1963년부터 시작된 제2차 교육과정 국정 국어교과서 1권에 「금잔디」, 2권에 「진달래꽃」이 실리면서 현재까지 소월의 작품은 교과서에서 빠진 적이 없었다. 광복에 이은 한국전쟁이라는 극심한 혼란기를 지나면서 한국은 급하게 교과서를 만들어야 했는데, 한국 전통성과 민족성 모두를 아우를 수 있는 시작품이 필요했고, 한국의 미학이라 여겨지는 한(恨)의 정서에 적합한 작품으로 소월의 시가 적격이었던 것이다. 다시 말해, 소월의 작품은 좌우 진영 논리와 전통과 현대 논쟁에서 벗어날 수 있는 '민족문학', '순수문학'이라는 타이틀을 얻었기 때문에, 지금까지 그의 작품이 사랑받을 수 있었던 것이다. 물론, 친일도 하지 않았고, 요절했다는 그의 전기적 사실도 정전화에 적지 않은 도움을 주었을 것이다. 여기서 한국 문단과 학계는 소월의 작품에 가치를 부여하기 위해 출처 불분명한 한(恨)이라는 개념을 '무비판적'으로 사용했던 것이고, 그것이 지금까지 '무비판적'으로 받아들여진 것이다.

4. 다시, 김소월

물론, 소월이 남긴 작품의 예술적 가치는 재론할 여지가 없이 뛰어나다. 문학적, 미학적 성취도 혹은 완성도에 있어서 이의를 제기하기는 어려울 것이다. 다만, 소월의 작품을 '님=조국(민족)'이라는 등식으로 식민지 현실을 극복하려는 '민족시인'이라는 욕망으로만 읽는다면, 소월 역시 동의하지 않을 것이다. 소월을 무시했던 그 당시나, 소월의 작품을 편협하게 읽으려는 지금이나 크게 다를 바 없다면, 소월은 다시 한번 '시혼(詩魂)'을 일갈(一喝)할 것이다. 그의 시론처럼 그의 작품은 민족이나 전통 '따위'와 별개로 보아야 한다. 그것은 소월의 개성이 아니라 작품의 개성이며, 소월의 시혼이 아니라 작품의 시혼이다.

소월의 시가 정치적 의도와 시대적 상황과 맞물렸기 때문에 우리가 애송하고 낭송하는 것은 아니다. 다만 소월의 시를 통해, 소월의 시를 위해 '한(恨)'이라는 개념이 '무분별하게' 출현하는 것은 막아야 할 것이다. 진달래라는 상징이 그렇게 오랫동안 우리에게 쓰였다. 진달래는 우리 민족, 우리나라의 비극적 상황과 감정 그 자체를 표상하고 있지만, 그 누구도 왜 진달래가 그런 이미지를 갖게 되었는지 원인과 이유를 명확하게 설명할 수 없을 것이다. 어쩌면 진달래는 원형상징이 아니라 인습(좀 더 쓰자면 문화상징)에 불과할지도 모른다.

요컨대, 우리는 한의 민족이 아니다. 우리는 누구를 원망하거나 우리 자신을 패배자로 보지 않는다. 우리가 그렇게 생각하는 것을 원하는 타자만 있을 뿐이다. 소월 역시 그렇게 생각했을 것이다.

「초혼」과 같이 사랑하는 '님'을 애타게 호명하고 구슬프게 노래하는 그 시간이야말로 님을 만날 수 있는 유일한 시간이 아닐까. 이별의 슬픔을 '한'이라는 것 등으로 승화시키는 일은 상실의 슬픔 그 자체에 고착되지 않고 더 높은 상태로 향한다는 뜻이기도 하지만, 이는 상실의 고통과 슬픔을 극복해야 하거나 애써 잊어야 하는 부정적인 시간으로 여기는 일이기도 하다. 쉽게 말해 잊어야 하는 님인데, 잊지 못해 슬픈 님인 것("부르다가 내가 죽을이름이어")이다.

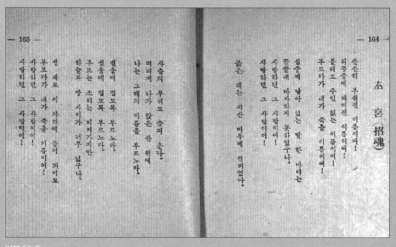

작품 「초혼」

초혼 : 애도

김소월, 죽음을 노래하며 망자를 애도하다

1. 노래였던 시

한국 현대시의 영역을 설정하여 이상(李箱)을 벗어나면 비시(非詩), 김소월을 벗어나면 시조가 된다는 평가[69]처럼 김소월의 시세계는 고전 시가와 근대시(현대시)의 경계 선상에 있다. 소월의 작품이 고전 시가 문턱까지 최대한의 전통성을 지키고 있다는 말이다. 전통성을 가장 잘 살린 명편으로 알려진 「진달래꽃」과 「초혼」에서 알 수 있듯이 반복되는 리듬과 전통적인 율(7.5조 혹은 민요조) 그리고 전통적 소재의 활용은 전통 시가의 형식과 민족 정서를 매우 훌륭하게 시화한 수작(秀作)이라는데 큰 이견이 없어 보인다. 지난 호와 김억 편에서 전술했듯이 김소월의 민요조는 노래(詩歌)에서 시(詩)로 옮겨가기 위한 이행기 노정을 아주 잘 보여 주는 사례라 할 수 있고, 민요에서 차용한 반복구로 인한 것인지 몰라도, 그의 작품 상당수가 현재에도 노래(가곡)로 불리고 있다. 특히 김소월의 대표작이라 할 수 있는 「진달래꽃」이 서도민요 「영변가」와 밀접한 관련성이 있다는 점을 염두에

---

69) 김인환, 「이상 시의 계보」, 『기억의 계단』, 민음사, 2001, 282쪽.

두면, 그의 작품들 상당수가 노래와 연관성이 깊다는 점을 알 수 있다.

시와 노래의 차이, 시에서 노래로의 이행. 시에서 우리가 감각하고 인지하는 리듬. 그러니까, 시는 노래'였다'. 그러나 근대 이후 점점 시에서 노래라는 속성은 사라져 간다. 함께 부르고 함께 들었던 가창의 관습에서 활자 매체 보급에 따른 묵독으로 시가 향유 방식이 전환되면서 이제 시는 '노래(music)'에서 '텍스트(text)'가 되어야 했다. 노래라는 음악성은 텍스트에 숨겨져 있는 것, 독자가 스스로 느껴야 하는 것, 소위 '무의식'이 되어야 했다.

그러나 고금 동서양을 막론하고 노래는 인류의 역사와 함께 시작되었고, SNS와 같은 '신세계'가 일상화되기 이전의 인간은 노래로 감정과 의사를 표현하였다. 동양에서는 음악을 심신 수양의 도구로 보았고, 서양에서는 음유시인이 정처 없이 떠돌아다니며 역사적 '사건'들을 노래로 남겼다. 텍스트 '이전'이 노래였던 것이다. 노래는 문화의 하위 장르(양식) '따위'로 설명할 수 없는 큰 '형식'이었으며, 누구나 부를 수 있고 들을 수 있으며 쉽게 전파될 수 있는 강력한 '말-건넴'이었다.

하지만 이제, 노래는 텍스트 '이전'이 아니게 되었다. 조회 수가 높을수록 집단 지성의 (올바른) 결과물로 착각하게 되었고, 댓글이 '주렁주렁' 많이 달린 기사와 '좋아요'가 많은 SNS 상의 짧은 문장, 이미지가 이전의 노래 역할을 자임하게 되었다. 이제 사기를 진작시키는 노동요나 군가, 개인과 집단의 감정을 노래하거나 불만을 승화시키려 했던 창(唱) 혹은 가(歌)는 스트리밍 사이트나 유튜브에서 찾으면 들을 수 있다. 텍스트 중심주의, 좋아요 중심주의 사회에서 노래는 문화 그 이상도 그 이하도 아니다.

노래의 기능이 수없이 많지만, 지금 여기를 살아가는 우리에게 노래는 크게 두 가지 덕목만 강조되어 '유행'하고 있다. 하나는 예술의 영역, 다른 하나는 애도의 영역이다. 예술은 상업화의 위험성에 언제나 노출되어 있으나, 순수한 '미(美, 아름다움)'를 추구한다는 점에서 앞으로도 지속할 것이다. 인간의 감정을 그보다 솔직하게 직접 전달하는 매개체는 없기 때문이다. 문제는 바로 애도(哀悼, 슬플 애+슬플 도)의 영역인데, 노래는 기본적으로 '애도의 정신'을 기본으로 한다. 누군가 또는 어떤 일을 기억하고 그 기억을 잊지 않으려 혹은 잊으려 하는 행위가 바로 노래이기 때문이다. 그래서 노래는 기쁘거나 슬프다. 기억할수록 기쁘거나 기억하지 않으려고 애쓸 때 드는 슬픔.

우리는 최근, 끓어오르는 감정을 표출해야 할 일이 그 어느 때보다 많아졌다. 감정이 봇물(보에 괸 물) 터지듯이 터졌다. '촛불'로 리듬을 이루기도 했고, '소녀상'과 '미투'로 부당하게 참을 수밖에 없었던 진실들을 '비로소' 수면 위로 떠올릴 수 있었다. 그 어느 때보다 '말잔치'가 이렇게 풍성했던 때도 없었을 것이다. 그리고 그 어느 때보다 시가 많이 발표되었고 많은 이들이 시를 읽기 시작했다. 폭발한 감정을 행위로 옮기거나 여과 없이 글로 전파하는 방식이 크게 활용되었으나, 또 한편으로 끓어오르는 감정을 꾹꾹 누르며 절제의 방식으로 시가 두각을 보였다. 예컨대 2017년, 실로 간만에 시집과 소설집이 많이 판매되었다고 한다. '세월호 정국'과 맞물렸다는 지적이다.

우연인지 몰라도 우리의 아픈 현대사는 4월에 많이 집중되었다.

매년 4월이 다가오면 대부분의 사람들과 예술가들은 슬픔과 절망에 휩싸여야 했다. 과연 우리는 무엇을 할 수 있는가, 하고 말이다.

2. 시는 혼을 부르는 일

다시 김소월로 돌아오면, 그래도 최근에는 많이 나아졌지만, 불과 몇 년 전에는 「초혼」을 망국의 슬픔을 노래한 것으로 해석하기도 하였다. 망자를 조국으로 비유하여 일제에 빼앗긴 우리 조국 혹은 민족을 형상화했다는 교과서적 해석은 일제강점기의 특수성을 시에 '손쉽게' 적용한 것에 불과하다. 물론, 시를 감상하는데 큰 방해가 된 것은 물론이다.

또한 소월이 일본의 '초혼사(招魂社, 쇼콘샤)'의 '초혼제(메이지 유신시대에 막부군과 전투로 죽은 병사들의 혼령을 위로하기 위한 제사)'를 의식(비판)하면서 「초혼」을 창작했다는 학설도 제기된 바 있다. 1923년 일본에서 발생한 관동대지진과 이에 따른 조선인 대학살 참극으로 약 5개월도 채 안 되는 일본 유학생 신분을 접고 급하게 귀국한 소월의 행적을 토대로, 소월이 울부짖으며 부르는 이름은 관동대지진 때 학살당한 2만여 명 동포의 넋[70]이라는 해석이 그것이다. 물론 이 학설 또한 나름의 타당성과 신빙성을 충분히 확보하고 있지만, 「초혼」에 나타난 슬픔의 윤리와 그에 따른 미학에 집중하

관동대지진 조선인학살 사진

---

70) 고영자, 「김소월 시에 나타나는 저항정신」, 『국어국문학』 147, 국어국문학회, 2007.

는 것에 '역시' 방해가 될 수 있다. 따라서 우리는 기존의 소월 시에서 논의되었던 '정한(情恨)' 혹은 전통적(민족적) '한(恨)'이라는 것을 뒤로하고, 소월의 작품에 나타난 슬픔에 집중하면서 슬픔을 노래하는 행위에 내재한 '윤리'를 살펴보고자 한다.

산산히 부서진이름이어!
虛空中에 헤여진이름이어!
불너도 主人업는이름이어!
부르다가 내가 죽을이름이어!

心中에남아잇는 말한마듸는
씃씃내 마자하지 못하엿구나.
사랑하든 그사람이어!
사랑하든 그사람이어!

붉은해는 西山마루에 걸니웟다.
사슴이의무리도 슬피운다.
써러저나가안즌 山우헤서
나는 그대의이름을 부르노라.

서름에겹도록 부르노라.
서름에겹도록 부르노라.
부르는소리는 빗겨가지만
하눌과쌍사이가 넘우넓구나.

선채로 이자리에 돌이되여도
부르다가 내가 죽을이름이어!
사랑하든 그사람이어!
사랑하든 그사람이어!

— 김소월, 「招魂」, 『진날내꼿』(1925)

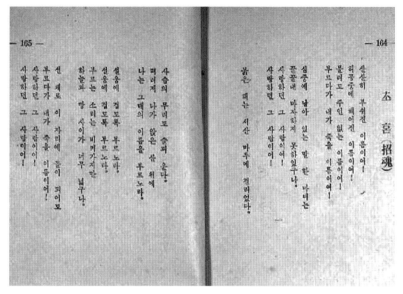

시집 『진달래꽃』에 수록된 「초혼」

「초혼」의 주요 소재가 되는 '고복의식(皐復儀式)'에 대해 먼저 살펴 보면, 분리된 혼(魂)과 백(魄)에서 떠나가는 혼(魂)을 본래 자신이 머물 던 육체(魄)로 돌아오라는 의미(돌아오다 復)로 혼을 부르는 전통 상례 절차 중 하나가 고복의식, 즉 '초혼(招魂)'이다. 그러나 혼을 이승으로 부르기 위해서는 혼이 돌아오고 싶은 마음이 들도록 해야 한다. 이 에 따라 망자의 체취가 배어 있으면서도 생전에 누렸던 영화(榮華)와 복록(福祿)을 상징할 수 있는 물건인 (특별한) 옷을 지붕 한가운데에서 북쪽을 향해 흔든다. 이 옷이 바로 '복의(復衣)'이다.[71]

"산산히 부서진이름", "虛空中에 헤여진이름", "불너도 主人업는 이름"이지만, 다시 돌아오길 바라며 익숙한 칭호를 붙여 가며 부르

---

71) 최규순, 「전통상례 중 복과 복의의 조선적 변용」, 『비교민속학』 42, 비교민속학회, 2010, 391~392쪽 참고.

는 순간(고복의식 중에는 곡(哭)을 그친다)은 무척이나 숭엄한 순간일 것이다. 혼을 부르는 일. 이 일이 장례 절차 중 가장 먼저 행해지는 일인 데는 바로 이런 이유가 있다. 혹시 망자가 이승으로 다시 돌아올지 모른다는 일말의 기대감과 소생을 기원하는 애끓는 마음으로 비는 것이 초혼이다. 이렇게 혼을 부르는 것, 간절히 소망하는 것. 간절하게 소망하는 행위 중 가장 강력하고 애절한 것이 노래이자 시가 아닐까. 소망에 리듬을 부가하는 행위는, 소망을 극대화하면서도 절제하는 것이다. 감정 그대로 터뜨리는 것보다 절제하는 것이 더 큰 힘을 응축하고 있으니, 그러니까 노래와 시는 슬픔을 '어떻게든' 견뎌보려는 일일 것이다.

우리의 전통 시가 장르에서 이렇게 슬픔을 견디려는 노래 중 가장 오래된 것은 아마 「공무도하가」일 것이다. 「구지가」나 「황조가」도 그러하지만, 죽음을 직접 노래한 상고시가는 「공무도하가」가 대표적이라 할 수 있다. 백수광부가 아내의 만류에도 불구하고 강에 **빠져** 죽자, 아내는 남편의 넋을 기리기 위해 무혼굿을 행하고 뒤이어 남편을 따라 목숨을 버린 이 이야기는 훗날 노래(공후인)로 남아 지금까지 이어지고 있으니, 노래의 힘은 얼마나 강력한가.

공후인은 조선의 백사공 곽리자고의 아내 여옥이 지은 것이다. 자고가 새벽에 일어나 배에 노질을 하고 있었는데, 머리가 하얗게 센 狂夫 한 사람이 머리를 풀어헤친 채 병을 쥐고는 어지러이 흐르는 강물을 건너고 있었다. 그 뒤를 그의 아내가 쫓으며 막으려 했으나, 미치지 못해 그 광부는 끝내 물에 빠져 죽고 말았다. 이에 그의 아내는 공후를 타며 公無渡河의 노래를 지었는데 그 소리는 심히 구슬펐다. 노래가 끝나자 그의 아내는 스스로 물에 몸을 던져 죽었다. 자고가 돌아와 아내 여옥에게 그 광경과 노래를 이야기하니 여옥이 슬퍼하며 곧 공후로 그 소리를 본받아 타니 듣는 이가 눈물을 흘리지 않음이 없었다. 여옥이 그 곡을 이웃의 여용에게 전하니 일컬어 「공후인」이라 한다. ([麗玉]–箜篌引 古今注曰
箜篌引朝鮮津卒 霍里子高 妻麗玉所作也 詳見樂志 韓致奫, 『海東繹史』 제47권, 『藝文志』
6)[72]

公無渡河　임아 물을 건너지 마시오
公竟渡河　임은 끝내 물을 건너시네
墮河而死　물에 빠져 죽으니
當奈公何　임을 어찌할 것인가?

—「公無渡河歌」 전문

　익사한 남편을 위해 아내는 '공후(箜篌)'를 타며 '공무도하가'를 부른다. 노래를 끝낸 아내는 곧 남편을 따라간다. 그리고 이 광경을 모두 지켜본 백사공 곽리자고는 자기 아내 여옥에게 이 광경을 이야기하자, 여옥은 몹시 슬퍼하며 공후로 익사한 아내가 켰던 공무도하가를 연주하며 후대에 남겼다는 이 부대설화에서 우리는 노래/시의 역할 혹은 의무를 다시 생각하게 된다. 노래/시는 죽음(죽음에 따른 슬픔)을 노래하는 것, 죽음이 늘 가까이 있다는 것을 후대에 남기는 의무를 맡고 있다는 점이다. 활자가 없기 때문에 노래의 형식으로 전래하였겠지만, 활자가 있었다 한들, 감동의 여파는 활자보다는 노래가 몇 배나 훨씬 강할 것이다. 따라서 시는 죽음 앞에서의 애끓는 간절함처럼 소망이 극대화되어야 하고, 그에 따라 절제되어야 한다. 그것이 바로 시의 윤리가 아닐까.

---

72) 강명혜, 「죽음과 재생의 노래—「公無渡河歌」」, 『우리문학연구』, 18, 우리문학회, 2005, 재인용.

3. 애도의 불가능성

소월의 시집 『진달래꽃』은 모두 16개의 장으로 구성되어 있는데, 그중 '고독(孤獨)' 장에 수록된 5편의 작품 「열락」, 「무덤」, 「비난수하는 맘」, 「찬저녁」, 「초혼」 모두 죽음과 관련된 작품이다. 더욱이 다른 작품들에서도 '부재한 님'에 대한 언술이 자주 등장하는데, 이에 따라 소월의 작품에 나타난 슬픔과 고통을 과거 지향적 감정인 한(恨)[73]으로 규정하면서 소월의 「초혼」 또한 「진달래꽃」과 마찬가지로 "이별의 정한과 한의 승화"[74]로 보는 경우가 일반적이었다.

그러나 「초혼」과 같이 사랑하는 '님'(지금 여기 부재한 자)을 애타게 호명하고 구슬프게 노래("서름에겹도록 부르노라")하는 그 시간이야말로 님을 만날 수 있는 유일한 시간이 아닐까. 이별의 슬픔을 '한'이라는 것 등으로 '승화'(昇華, sublimation)시키는 일은 상실의 슬픔 그 자체에 고착되지 않고 더 높은 상태로 향한다는 뜻이기도 하지만, 이는 상실의 고통과 슬픔을 극복해야 하거나 애써 잊어야 하는 부정적인 시간으로 여기는 일이기도 하다. 쉽게 말해 잊어야 하는 님인데, 잊지 못해 슬픈 님인 것("부르다가 내가 죽을이름이어")이다. 프로이트의 '정상적인 애도'(「슬픔과 우울증」)처럼 대상의 상실을 극복하여 감정적 고리를 끊음으로써 대상에게 투자했던 에너지를 회수해서 다른 곳 혹은 다른 사람에게 다시 투자해야 하는데, 문제는 이 '작업(work)'이 완수되어도 일종의 '승리감' 혹은 '성취감'이 주어지지 않는다는 것이다. 다시 말해 이와 같은 정상적인 애도는 살아 있는 자 혹은 경제성의 논리로

---

73) 오세영, 「소월 김정식 연구」, 『한국낭만주의시연구』, 일지사, 1980, 307쪽.
74) 서정주, 「김소월과 그의 시」, 『한국의 현대시』, 일지사, 1969, 72쪽.

서 엄청나게 고통스러운 좌절과 슬픔을 ^(억지로) 뒤로하고 미래로 ^{(서둘} ^{러)} 눈 돌릴 것을 강요하는 것(프로이트는 애도 문제에서 정신분석을 통한 치료에 보 다 관심을 기울였다)에 지나지 않는다. 따라서 「초혼」을 두고, '님의 죽음 으로 인한 슬픔과 님에 대한 그리움'(『EBS 수능특강』) 정도로 보면서 님 의 죽음을 극복해야 하거나 님을 잊어야 하는 것(그리움)으로 해석하 는 것은 진정한 애도가 아닐지도 모른다.

그렇다면 진정한 애도는 어떤 방식으로 이뤄져야 하는가. 바르 트나 데리다, 레비나스 등을 참고하면 어느 정도 진정한 애도에 대 한 윤곽을 잡아볼 수 있을 것이다. "이미지의 장례를 치르는 일은 실패하면 괴롭고, 성공하면 슬프다"(『사랑의 단상』)는 바르트의 지적처 럼 사랑하는 이의 상실 때문에 내가 살기 위해 이미지가 죽어야 한 다는 일은 경제성의 원칙에 의해 정당화될 수 있지만 '매우' 슬프다. 더욱이 그 일은 성공하기도 '매우' 어렵다. 대체로 애도 작업은 실패 로 끝나기 마련이고, 그래서 괴로울 뿐이지만, 그것이 반드시 나쁜 것만은 아니다.

데리다는 "성공하기 위해서는 실패해야, 그것도 잘 실패해야" 하 는 것을 '애도의 법'(『The Work of Mourning』)으로 보았다. 그는 프로이트의 애도 작업을 타자를 위한 '여지'를 남기지 않고 주체 중심의 삶을 위 하여 타자의 타자성을 지우는 일종의 '폭력'으로 보았다. 그에 따르 면 "생존한다는 것은 그 용어의 일상적인 의미에서는 계속 산다는 것을 의미할 뿐만 아니라 죽음 이후에 산다는 의미도 된다"(『Learning to Live Finally: The Last Interview with Jacques Derrida』). 데리다에게 있어 애도는 끝내 성공할 수 없고, 끊임없이 애도의 대상을 있는 그대로 기억하는 동 시에 '대화'의 관계를 유지하면서 그가 우리를 응시하고 있다는 것

을 잊지 말아야 한다는 것이다. 데리다는 루이 마랭(Louis Marin)의 추도
식에서 "그가 나를 바라보고 있습니다. 내가 오늘 저녁 여기에 있는
것은 이것을 위해서, 그를 위해서입니다. 그는 나의 법이고, 나는 그
앞에, 그의 말과 눈길 앞에 나타납니다. 내 자신과 나의 관계에서,
그는 나보다 더 강하고 강력하게, 내 앞에, 내 안에 있습니다"(「The
Work of Mourning」)라고 언급한다.[75] 즉, 애도의 대상은 나에게 '얼굴'(레비나
스)로 나타나는 것이고 나는 그 타자성에 응답해야 하는 (윤리적) 주체
로 호명받는다는 것이다.

따라서 우리는 소월의 「초혼」을 '애도의 불가능성'으로 읽을 수
있다면, "하눌과쌍사이가 넘우넓"어서 "부르는소리는 빗겨가지만"
"선채로 이자리에 돌이되여도" 계속 불러야 한다. 생각날 때마다 불
러야 하고, "불너도 主人업는이름"이라도 "부르다가 내가 죽을이름
이어"도 영원히 불러야 한다. 비록 나는 "써러저나가안즌 山우헤"에
있지만, 님의 '혼(魂)'은 나와 함께 (영원히) 있을 것이기 때문이다.

> 그누가 나를 헤내는 부르는소리
> 붉으스럼한 언덕, 여긔저긔
> 돌무덕이도 음즉이며, 달빗헤,
> 소리만남은 노래 서러워엉겨라,
> 옛祖上들이記錄을 무더둔그속!
> 나는 두루찻노라, 그곳에서,
> 형적업는노래 흘너퍼져,
> 그림자가득한언덕으로 여긔저긔

---

75) 데리다의 글은 왕철, 「프로이트와 데리다의 애도이론」, 「영어영문학」 58-4, 한국영어영문학회,
2012, 재인용.

그누구가 나를혜내는 부리는 소리
부르는소리, 부르는소리,
내넉슬 잡아쓰러헤내는 부르는소리.

— 김소월, 「무덤」, 『진날내꽂』(1925)

　　죽음 혹은 죽은 자는 늘 우리 곁에 있다. 무덤가에 있어서 죽음
과 가까이 있는 것이 아니라, 우리의 지금 여기가 무덤가다. "그누가
나를 혜내는 부르는소리"가 계속 들려온다. 소리만 남은 노래, 형체
가 없는 노래가 이곳에 들려온다. 우리는 듣는다. "내넉슬 잡아쓰러
헤내는 부르는소리". 이 소리는 우리를 저승으로 끌고 가려는 망자
의 유혹, 세이렌의 노래가 아니라 세인(世人, das Man)의 삶에서 우리를
건져내려는 소리다. 오히려 저승 편에서 우리를 건져내는 이 역설.
그러니, 우리는 망자의 목소리를 늘 기억해야 하고, 망자의 목소리
그대로 들어야 한다. 어떠한 훼손도 용납할 수 없다. 불편하더라도
괴롭더라도 우리는 망자의 목소리를 기억해 내려 애써야 한다. 그
리고 망자에게 살아생전 늘 대했던 친숙한 목소리로 망자를 불러야
한다. "그림자가득한언덕"인 바로 이곳에서 '초혼'은 여전히 진행 중
이다. 불러야 할 이름이 너무 많다. 그래서 우리는, 시는 할 일이 많
다.

시인 정지용에게 있어 당대의 유행에 대한 인식은 일반인과 조금은 남달라 보인다. 신여성에 대한 이해와 근대적인 것과의 모순 혹은 분열된 인식이 작품에 혼재되어 나타나고 있으니 말이다. 그것은 긍정이나 부정, 신비화나 고단함의 양가성이 동시에 드러나면서도, 근대적 경험에 대한 정지용의 복합성이 드러나는 지점이기도 하다. 아직은 갓 쓰고 한복을 입고 다니는 남성들과 양장점에서 구입한 양장을 입는 여성이 함께 길을 걷는 모던보이, 모던걸의 시대였다.

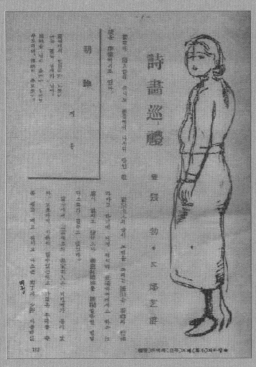

『중앙』 시화순례

파라솔

정지용, 모던걸, 모던보이의 우행을 노래하다

파라솔
정지용, 모던걸, 모던보이의 유행을 노래하다

1. 모던걸 패션 아이템, 양산

1908년 이화학당에서 여학생들의 쓰개치마 사용을 금하는 희대의 '사건'이 발생했다. 뒤이어 1908년 연동여학교, 1911년 배화학당에서 쓰개치마를 'OUT'할 것을 교칙으로 정했다. 그동안 조선의 여성들은 외출할 때 '무조건' 장옷 혹은 쓰개치마를 써야 했다. 조선 사대부 전통에 의한 '부녀자 내외법'에 따라 조선의 여성들은 아랍권의 '히잡(Hijab)'처럼 얼굴을 가려야 했던 것이다. 그러나 1880년대부터 외국의 선교사들이 조선 길거리에서 비가 올 때마다 우산을 쓰기 시작했고, 일본에 건너간 조선 유학생들도 일찍부터 '우산'이라는 것을 알고 있었지만, 1900년대 초반 조선에서는 우산을 쓸 수 없었다. 하늘에서 내린 비를 가리는 것을 불경하다고 여겼기 때문이다. 기껏해야 도롱이와 삿갓 따위로 얼굴만 가릴 수 있을 뿐이었다.

이런 상황에서, 이화학당, 연동여학교, 배화학당의 '사건'은 엄청난 파장을 불러일으켰다. 처음에는 여학생 부모들의 반대가 심해 자퇴생이 늘었고, 이를 보다 못한 배화학당에서는 1914년 쓰개치마를 벗는 대신 우산을 하나씩 내주어 외출할 때 우산으로 얼굴을 가리고 다니게 했다. 1913년 배화학당 여학생들은 우산으로 얼굴을 가리고 세검정으로 소풍을 가기도 했다. 그리고 신식여학교에서 쓰개치마 대신 궁여지책으로 쓰게 된 이 우산은 이른바 '경성시대' '모던걸'의 최첨단 아이템이 되었다. 박쥐가 날개를 펼친 모습과 같아서 '박쥐우산' 또

1920년대 쓰개치마를 입고 외출 중인 여성

는 '편복산(蝙蝠傘)'이라 불렸던 우산은 이후 여학생들과 일반 부녀자들에게 크게 유행하였고, 모던걸의 필수품이 되었다. 물론 당장 쓰개치마가 사라지고 모든 여성이 얼굴을 드러내며 당당히 길을 나섰던 것은 아니다. 양복과 한복, 우산과 쓰개치마가 공존하다가 차츰 '신여성'들이 조선의 길거리를 '당당하게' 활보하게 되었다.

1918년 이화학당 대학부 졸업사진

"옛날 말로는 소위 박쥐산, 지금 시체ㅅ말로 양산(陽傘)이란 양산 그것 말이다. 이것이 이름만이야 볏을 가리우는 양산이지만 실용(實用)에야 어대 양산이든가? 장옷, 쓰개치마를 갓버섯슬 때에는 양산들은 사람의 얼골 가리고 내외하는 장옷의 대용(代用)이오 치마ㅅ단이 정갱이우로 올라와 새로 모던껄이란 신술어를 듯게 된 오늘날에 와서는 양산이 일종 장신구(裝身具)의 치레ㅅ거리가 아닌가?"
—「變遷도形形色色 十年間流行對照」(『동아일보』 1930. 4. 3.)

1930년대 모던걸, 모던보이의 사교공간이었던 미쓰코시백화점 옥상 카페

1930년경 명동 입구

동아일보 기사에서 알 수 있듯이, 양산은 햇빛을 피할 때 사용하는 것이 아니라, 치맛단이 정강이 위로 올라가는 모던걸의 패션 아이템(장신구)이 되었다. 뒤이어 "시대의 류행은 먼저 녀자의 머리부터 시작되는 것 갓다"는 동아일보의 언급은 그 당시 양산을 비롯한 신여성 패션 아이템들이 얼마나 대단했는지를 잘 보여 준다. "신식이 구식이고 구식이 신식되니 류행이야 류행을 딸흘 뿐"이라는 이 기사의 마지막 문장은 의미심장하다.

2. 정지용의 파라솔

유행에 민감한 사람은 '패션 피플'뿐만이 아니었다. 식민지 지식인들과 문필가들도 매우 민감하게 반응하였다. 일본에 유학을 다녀온 학생들에게는 유행을 선도해야 할 의무와 권리도 함께 주어졌다.

절제된 시어로 현대시의 성숙에 결정적인 기틀을 마련한 시인이라는 평가를 받는 '현대시의 아버지' 정지용 역시 유행에 매우 민감했다. 인쇄기술이 발달함에 따라, 그리고 독자 수가 점차 늘어남에 따라 신문과 잡지 등은 그림과 글을 함께 게재하였는데, 정지용은 『中央』(1936. 6.)에 '시화순례(詩畵巡禮)'라는 제목 아래 장발의 그림과 산문 그리고 작품 「명모(明眸)」를 발표하였고, 이후 시집 『백록담』(1941)에 「파라솔」이라는 제목으로 수정되어 재수록하였다.

「명모(明眸)」가 게재된 『중앙』지를 살펴보면 다음과 같다.

'시화순례'라는 제목이 있고 오른쪽 여백에 화가 장발이 그린 여성 전신 스케치가 있다. 양장 스커트에 구두 차림을 한 신여성의 측

「중앙」 시화순례

면을 그린 것으로, 간략하고 생략적인 스케치화[76]이다. 시 「명모」는 왼쪽 상단의 박스 안에 편집되어 있고, 다음 이어지는 면에 상단에는 「명모」의 나머지 부분이 편집되어 있고, 하단에는 정지용의 산문이 편집되어 있다. 정지용의 산문 전문은 다음과 같다.

畵室에 闖入할 때 죽어도 쵀플에서 나온 뒤 敬虔을 준비하기로 했다.

畵室主人의 말이 그림을 그리는 瞬間은 祈禱와 彷佛하다고 하기에 대체 웨이리 莊嚴하여게시오 하는 反感이 없지도 않았으나 畵室의 禮儀를 蹂躪할만한 밴댈리스트가 될수도 없었다.

畵室에서 畵家대로의 畵家主人은 비린내가 몹시 났다. 모초라기 비듥이 될수있는대로 간엷흔 무리를 쪽쪽 찢고 째고 점이고 나오는 庖丁과 少許 다를리없었다. 通景과 展望을 遮斷한 뒤에 人體構造에 精通할 수 있는 閑散한 外科醫이기도 하다.

미켈안젤로 따위도 이런 지저분한 種族이었던가.

기름펭이를 익여다부치는것은, 척척 익여다부치는데 있어서는 미장이도 그러하다. 미장이는 어찌하야 애초부터 優越한 矜持를 사양하기로 하였던가. 外壁을 바르고 돌아가는 미장이의 하루는 沙漠과 같이 陰影도 없이 희고 고단하다.

嗚呼 白晝에 瞠目할만한 일을 보았다. 激烈한 恥辱을 견듸는, 에와의 후예가 떨고 있다. 화실의 敬虔이란 緊急한 精神防衛이기도 하다. 한 개의 뮤-쓰가 誕生되랴면, 女人! 그대는 永遠히 希臘的奴隷에 지나지 아니한가. 가장 아름다운것이 製作되는 동안에 가장 아름다워야할 자여!

---

76) 조영복, 「정지용의 「파라솔/明眸」 연구」, 「한국현대문학연구」 36, 2012, 294쪽.

그대는 山에서 잡혀온 小鳥와 같이 부끄리고 떨고 含淚한다.

장발의 화실과 관련되어 보이는 산문에서 화실이 '채플'처럼 '경건'하다는 것은, 장발이 주로 성상화가였다는 점[77]을 고려할 때 추측 가능하다. 여기서 정지용이 화실에서 "백주에 당목할 만한 일"이란, 화폭에 그려진 한 여성 인물화 혹은 인물화의 대상이었던 모델이었을 것이며, 그 '여인'의 아름다움과 동시

1937년 우리나라 최초의 서양무용가 최승희 단체사진

에, 화가의 치열하고 고단한 예술행위에 대한 찬사가 함께 드러나고 있다. 즉, 「명모」는 정지용이 '신여성'의 아이템 '양산(파라솔)'을 염두에 두고 장발의 여성 스케치와 밀접한 연관이 있는 시를 창작했던 것이다.

후에 정지용이 작품의 제목을 '파라솔'로 바꾼 것은, 당시 파라솔이 신여성들 사이에서 널리 유행되었던 필수품[78]이었기 때문이기도 하지만, '신여성'에 대한 장발의 그림과 정지용의 산문을 염두에 둘 때, '파라솔'로 작품 이름을 바꾼 것은 유행에 민감하게 반응하는 신여성의 이미지를 드러내기에 더 적합하다고 생각했기 때문이다.

---

77) 조영복, 위의 글, 296쪽.

78) "'파라솔'은 양산을 의미하는 것으로, 새로 유행하는 파라솔의 스타일을 소개할 만큼 신여성들에게 파라솔이 필수품이었다는 것을 알 수 있다. 파라솔은 신여성과 떼어서 생각할 수 없는 패션 소품이었다."(소래섭, 「정지용의 시 「유선애상」의 소재와 의미」, 『한국현대문학연구』 20, 2006, 276쪽.)

3. 모던보이 정지용

그러나 「明眸/파라솔」에 대한 그간의 해석은 논의가 분분하다. 「유선애상(流線哀傷)」(1936)과 함께 정지용의 대표적인 난해시 2편 중 1편인 「明眸/파라솔」[79] 은 아직까지도 해석이 불충분하다. 「明眸/파라솔」을 "어떤 여인을 염두에 두고 시를 쓴 것"[80]으로 보거나, "시의 대상이 되고 있는 여성은 윤전기 앞에서 일하는 직장 여성"으로 "싱그러운 표정과 밝은 모습이 차분하게 그려"[81]진다고 해석하기도 했다. "유행에 민감하게 반응하는 당대의 신여성을 그린 것"[82]이라고 해석하기도 하고, "연꽃을 구심점으로, 연못과 그 위를 호들갑스럽게 헤치며 다니는 백조 떼로 구성된 풍경"[83]이라고 말하기도 한다. 다양한 논의를 간단하게 정리하자면, '명모(明眸)'의 뜻인 '맑고 아름다운 눈동자(를 가진 여성)'를 고려하여 시를 해석하거나, 원제목보다는 개제목인 '파라솔'에 주목하여 이미지를 추적하였다. 그러나 기존의 논의들은 시에 등장한 여러 이미지를 하나의 대상으로 보고, 시적 대상을 하나로 고정화시키고 추적하려는 한계를 드러냈다.

모던보이 정지용

---

79) 『백록담』은 1부에서 4부까지는 시, 5부는 산문으로 이뤄졌는데, 1부는 18편, 2부는 2편(「선취(船醉)」,「유선애상」), 3부는 2편(「춘설(春雪)」,「소곡(小曲)」), 4부는 3편(「파라솔」,「별」,「슬픈 우상(偶像)」)으로 불균등하게 배치되어 있다. 그러나 1부는 산수시 경향의 작품들로 구성되어 있으나, 2부에서 4부까지는 1부와는 전혀 다른 성격의 작품들이 수록되어 있다.(김승구,「근대적 피로와 미적 초월의 욕망-1930년대 중반 정지용 시를 중심으로」,『한국문학연구』41, 2011.)

80) 이승원,『정지용 시의 심층적 탐구』, 태학사, 1999.

81) 권영민,『정지용 시 126편 다시 읽기』, 민음사, 2004.

82) 소래섭,「정지용의 시「유선애상」의 소재와 의미」,『한국현대문학연구』20, 2006, 277쪽.

83) 오태환,「「파라솔」의 비유관계와 의미구조 연구」,『어문논집』57, 2008.

蓮닢에서 연닢내가 나듯이
그는 蓮닢 냄새가 난다.

海峽을 넘어 옮겨다 심어도
푸르리라, 海峽이 푸르듯이.

불시로 상기되는 뺨이
성이 가시다, 꽃이 스사로 괴롭듯.

눈물을 오래 어리우지 않는다.
輪轉機 앞에서 天使처럼 바쁘다.

붉은 薔薇 한가지 골르기를 평생 삼가리,
대개 흰 나리꽃으로 선사한다.

월래 벅찬 湖水에 날러들었던것이라
어차피 헤기는 헤여 나간다.

學藝會 마지막 舞臺에서
白暴스런 白鳥인양 흥청거렸다.

부끄럽기도하나 잘 먹는다
끔직한 비—ㅍ스테이크 같은것도!

오ᅄㅣ스의 疲勞에
태엽 처럼 풀려왔다.

램프에 갓을 씨우자
또어를 안으로 잠겄다.

祈禱와 睡眠의 內容을 알 길이 없다.
咆哮하는 검은밤, 그는 鳥卵처럼 희다.

구기어지는것 젖는 것이
아조 싫다.

파라솔 같이 채곡 접히기만 하는 것은
언제든지 파라솔 같이 펴기 위하야—
　　　　　　　　　—「파라솔」 전문(『백록담』, 문장사, 1941)

　　정지용의 산문에 나타난 정서와 연관 지어 「明眸/파라솔」을 보면
다음과 같이 해석할 수 있다. 먼저 작품에 드러난 여성의 이미지를
화실에서 "백주에 당목할 만한 일", 즉 누드모델로 추정되는 여성
모델과 연관시킬 수 있다. "海峽을 넘어 옮겨다 심어도/푸르리라,
海峽이 푸르듯이" "불시로 상긔되는 뺨"과 "눈물을 오래 어리우지
않는다" 등의 표현은 산문에서 대상화된 여성 이미지와 비슷한 모
습을 보이고 있다. 장면이 전환되는 5연과 6연에서는 화가와 모델의
관계를 연상하게 한다. "外壁을 바르고 돌아가는 미장이의 하루는
沙漠과 같이 陰影도 없이 희고 고단하다"는 산문의 진술처럼, "붉은
薔薇 한가지 골르기를 평생 삼가"해야 하며 "흰 나리꽃으로 선사"
하고, "벅찬 湖水에 날러들었던 것"처럼 화가의 고단한 창작 행위가
'고단함'과 '흰색'의 이미지로 산문과 시에 함께 나타난다. 그러나 그
와 같은 여성은 7~8연의 언술처럼 "自暴스런 白鳥인양 훙청"거리기
도 하고, '끔직한 비프스테이크 같은 것'을 "부끄럽기도하나 잘 먹
는" 장발의 그림에 나타난 신여성의 인상이기도 하다.
　　그리고 다시 장면이 전환되는 9~10연의 공간은 산문에 나타난

"그림을 그리는 瞬間은 祈禱와 彷佛"한 공간과 유사하다. '오피스'를 '화실'로 본다면, "램프에 갓"을 씌우고, "또어를 안으로 잠"구는 것은, '莊嚴'한 화실의 광경과 흡사하다. 또한 "輪轉機 앞에서 天使"를 여성 모델로 볼 수 있다면, '오피스'를 여성 모델을 효과적으로 그리기 위한 시적 장치로 생각해 볼 수 있다. 이에 따라 "祈禱와 睡眠의 內容을 알 길이 없다"는 말은 기도를 방불케하는 화실의 풍경과 화가의 경건함과 연관 지을 수 있고, "咆哮하는 검은밤, 그는 鳥卵처럼 희다"는 표현에서, 여성 모델 혹은 그려지고 있는 여성 그림을 연관시킬 수 있다.

여기서 주목할 것은 시적 주체의 관점인데, 시적 주체는 1~2연까지는 관찰자의 시점으로 시적 대상을 관찰하다가, 3~5연에 이르면, 여성의 내면 혹은 화가의 내면을 전지적인 시점에서 진술해 간다. 그리고 다시 6~11연에서는 관찰자의 시점으로, 12~13연에서는 그동안 드러나지 않았던 화자의 목소리가 직접 노출된다. "구기어지는 것 젖는 것이 아조 싫다"와 "언제든지 파라솔 같이 펴기 위하야"라는 진술은, 여성의 신체와 관련된 표현일 수도 있고, 화가의 경건한 창작 활동에 대한 표현일 수도 있으며, 시적 대상을 향한 시적 주체의 정서를 표현한 것으로 읽어 낼 수 있을 것이다.

4. 모던보이, 모던걸의 시대

정지용의 또 다른 난해시 「유선애상(流線哀傷)」 역시 의견이 분분하다. 시의 소재를 '오리'로 파악[84]하거나, '자동차'[85]라는 의견

---

84) 이숭원, 『20세기 한국 시인론』, 국학자료원, 1997 ; 『정지용 시의 심층적 탐구』, 태학사, 1999.
85) 황현산, 「정지용의 「누뤼」와 「연미복의 신사」」, 『현대시학』, 2000. 4.

도 있다. 특히 황현산은 이 시가 '자동차를 하루 빌려 타고 춘천에 갔던 이야기'를 서술한 것이라고 주장하면서, 1930년대 서울에는 100여 대의 택시가 있었으며, 그 자동차들은 대개 '유선형'의 몸체를 지녔다는 것이다. 또한, 거리에 버려진 현악기를 주워와 연주했다는 한 토막 사건을 두고 꾸며진 것[86]이라는 해석도 있고, '자동차'[87]나 '담배 파이프'[88], '자전거'[89], '안경'[90] 등 정지용이 그려 낸 '유선형(流線型)'이 무엇인지 여전히 논의는 끝날 기미가 보이질 않는다. 다만, '유선형'이 1930년대의 유행 담론의 하나였으며, 단순히 유선형 물체만을 지칭하는 것이 아니라 생활방식, 사고방식, 가치관, 유행 패션 및 스타일을 의미하는 것이기도 했다. 당시 신문 자료를 보면 '유선형' 담론의 유행[91]을 실감할 수 있다.

다시 말해, '유선형'이라는 당시 문화적 현상 또는 근대적 대상과, '애상'이라는 보다 근대적이지 못한(전통적 혹은 전근대적) 일반의 감정이 양립할 수 없는 상황을 인식하고 있는 정지용 역시 유행에 매우 민감했던 것이다. 파라솔(양산)이 그렇고, 「유선애상」에 등장하는 다양한 신문물들은 당대의 패션 피플들에게도, 시인에게도 꽤 매력적

86) 신범순, 「정지용 시에서 병적인 헤매임과 그 극복의 문제」, 『한국현대시의 퇴폐와 작은 주체』, 신구문화사, 1998.

87) 김종태, 「신문물 체험의 아이러니」, 『시의 아포리아를 넘어서』, 이름, 2001.

88) 이근화, 「어느 낭만주의자의 외출」, 『다시 읽는 정지용 시』, 월인, 2003.

89) 권영민, 「종래의 지용 시 해석에 대한 문제 제기-「바다 2」와 「유선애상」을 중심으로」, 『문학사상』, 2003. 8.

90) 임홍빈, 「정지용 시 '유선애상'의 소재와 해석」, 『인문논총』 53, 2005.

91) '유선형'이란 생활 전반에 불어닥친 서구 근대 유행 문물을 지칭하는 용어였으며, 이 같은 물질적인 것뿐 아니라 근대적 일상적 삶의 태도 및 가치관과 관련되는 담론으로 확대된 것이다. 여성 육체의 이미지로서의 '유선형'은 서양 문화에 물든 상품으로서의 육체에 대한 비판적 시선을 가진 것이다. 모던걸 모던보이의 근대적 삶의 방식을 냉소적으로 표현한 '스피드 인생'이라는 말에서 보듯 가치관이나 삶의 방식을 의미하기도 했던 것이다. (조용복, 「정지용의 「유선애상」에 나타난 꿈과 환상의 도취」, 『한국현대문학연구』 20, 2006, 235~236쪽 참고.)

1930년대 고적유람 택시

이었다.

그러나 시인 정지용에게 있어 당대의 유행에 대한 인식은 일반
인과 조금은 남달라 보인다. 신여성에 대한 이해와 근대적인 것과의
모순 혹은 분열된 인식이 작품에 혼재되어 나타나고 있으니 말이다.
그것은 긍정이나 부정, 신비화나 고단함의 양가성이 동시에 드러나
면서도, 근대적 경험에 대한 정지용의 복합성이 드러나는 지점이기
도 하다. 아직은 갓 쓰고 한복을 입고 다니는 남성들과 양장점에서
구입한 양장을 입는 여성이 함께 길을 걷는 모던걸, 모던보이의 시
대였다. 척박한 식민지 상황에서 좌절하면서도 지식인들, 시인들 역
시 모던보이, 모던걸이 되고 싶었던 것은 아닐까. 유행은 유행을 따
를 뿐.

최초 혹은 본격적으로 한국 시사에 등장한 유리창. 전통적인 가옥의 구조에서 새롭게 등장한 신식의 유리창은 시간과 공간을 합리적으로 조직하고 배치하는 근대의 속성을 아주 잘 보여 준다. 동시에 외부와 내부, 이 세계와 저 세계를 분절하는 이분법의 세계관도 아주 적확하게 잘 보여 준다. 그 경계는 곧 식민지이자 근대를 겪고 있는 시인이 처한 상황과도 같아서 현실과 이상과의 괴리, 생과 사의 건널 수 없는 간극을 잘 보여 주고 있다.

정지용, 송재숙 부부와 장남 구관

유리창

정지용, 비극적 환상을 미학의 경지로 끌어올리다

유리창

정지용, 비극적 현실을 미학의 경지로 끌어올리다

1. 유리창의 시대

1884년 천도교 수운회관(水雲會館) 맞은편 옛 문화회관(文化會館) 자리의 일본 공사관에 유리창이 설치되었다. 우리나라 창호(窓戶)에 유리를 사용한 최초의 일이었다. 전통적으로 우리나라의 창호는 창호

1885년 이전한 예장동 일본 공사관

지를 사용하거나 실창, 광창 등 미서기의 형태로 빛과 바람 등의 자연을 최대한 활용하면서 인위를 배제하였다. 그동안 우리나라는 문을 직접 열어야 밖을 내다볼 수 있었지만, 유리는 문을 열지 않아도 바깥을 볼 수 있었으니, 그야말로 '신식(新式)'이 아닐 수 없었다. 1880년 인천과 부산 등지에 일본인을 비롯한 외국인들이 건립하기 시작한 주택의 창에는 유리가 사용되었으며, 거울과 병유리 등이 본격적

으로 수입되었다. 1898년 명동성당에 유리창이 설치되었고, 창덕궁 내부에도 유리문이 사용되었다. 1900년 인천에 유리공장이 세워지고, 일반 주거 건축에서도 유리창이 점점 사용되기 시작했다. 이제 전통적

전통적인 한국의 창

인 창호지나 나무문이 아닌 '유리창의 시대'가 열린 것이다.

　기존의 우리나라 주택은 생활기능별로 공간을 분리하지 않고, 사용하는 사람에 따라 독립적으로 구성되었다. 안채와 안마당, 사랑채와 사랑마당, 행랑채와 행랑마당, 별당채와 별당마당 등 계급 혹은 성별 분화에 따라 공간이 분리되었고, 그 가운데에는 '(안)마당'이 있었다. 따라서 마당은 '~채'라는 내부를 서로 연결하면서 동시에 공간을 나눠 주었다. 이에 따라 통풍과 채광 등의 이유로 창과 문을 내되, 문이 각 공간을 이어 주면서 동시에 분리해 준다면, 창은 일조량 조절과 열 손실을 줄이는 역할을 담당했다. 특히 창호지의 겹을 추가할 경우 열 손실을 최소화시켰고, 전통 문양의 다양한 창살은 심미성을 추구하는 데 부족함이 없었다.[92]

　그러나 서양의 문화가 대거 유입되고, 일본인을 비롯한 외국인이 조선 땅에 거주하기 시작하면서 'ㄷ'형의 전통'가옥(家屋)'은 이제 서양식 혹은 일본식 '주택(住宅)'으로 바뀌기 시작한다. 도시

---

92) 이강진, 「전통 한옥의 사이와 연결의 공간적 텍스트에 대한 연구」, 『한국영상학회 논문집』, 2015, 한국영상학회, 97~101쪽 참고.

1906년 선교사 주택(일산여중 교정에 위치)

에 있는 한옥조차 대청 전면에 미서기와 유리문을 달기 시작했고, 부엌에도 판장문 대신 미서기 유리문을 달게 되었다. 더욱이 계급제도가 철폐되고 도시화가 진행됨에 따라 마당은 사라지고, 좁은 공간을 최대한 활용할 수 있는 지금의 주거 형태로 주택이 바뀌게 되었다. 실외와 실내가 공존했던 전통 가옥은 이제 실외로부터 완벽히 차단된 실내를 공간으로 활용하게 되었으니, 부엌은 더욱 위생적인 공간이 되었다. 근대적인 '환경 위생' 개념의 출발이었다.

전통 가옥의 창호가 개폐에 따라 외부를 볼 수 있었다면, 새로운 신식 주택의 유리창은 개폐와 상관없이 언제든 외부를 볼 수 있었다. 이러한 외부와 내부의 분절은 곧, 자연과 환경을 관조의 대상 혹은 다스림의 대상으로 삼을 수 있다는 뜻이었다.

2. 이시카와 다쿠보쿠와 정지용

가까운 일본에서부터 유리창을 시적 소재로 활용하기 시작한 작품들을 찾아보면, 대표적으로 일본의 국민시인 이시카와 다쿠보쿠(石川啄木, 1886~1912)의 작품과 평론을 들 수 있다. 조선의 시인 백석이 자신의 본명 백기행(白夔行) 대신 이시카와 다쿠보쿠의 성인 이시카와(石川)에서 '石'을 따와 '백석(白石)'이라는 필명을 삼았을 만큼, 다쿠보쿠는 식민지 조선 문단에 꽤 영향을 미쳤던 것으로 추측된다. 다쿠보쿠는 1910년 4월 집필로 추정되는 평론 「유리창(硝子窓)」을 발표한 할 즈음, 유리창을 소재로 한 작품들을 다수 창작한다.

이시카와 다쿠보쿠

늘 마주치는 통근길 전차 속의 키 작은 남자/날카로운 눈초리/요즈음 거슬리네(1909. 5)

유리창/먼지에 또 빗물에 잔뜩 흐려진 유리창에도/역시 슬픔은 있네 (1910. 3)

새벽 두 시의 어두운 유리창을/불그스름히/소리 없이 물들이는 어느 화재의 불빛(1910. 5)

빗물에 젖은 밤기차 유리창에/비쳐 어리는/멀리 산간 마을의 아련한 등불 빛깔(1910. 5)

기차 창밖에/아득히 북녘으로 고향 산자락 보이기 시작하면/옷깃을 여미나니(1910. 8)

눈을 감고서/속삭이듯 휘파람 불어보았네/잠들지 못하는 밤 창가에 기대어서(1910. 10)[93]

　다쿠보쿠에게 유리창은 외부와 내부의 경계인 동시에, 자신 혹

---

93) 박지영, 「이시카와 다쿠보쿠 短歌에 나타난 '유리창'의 의미에 관한 고찰」, 『일본학보』, 한국일본학회, 1999 참고.

은 자기 내면으로의 침잠과 고립을 상징하는 사물이었다. 유리창은 "통근길 전차 속의 키 작은 남자"인 자신을 타자화하여 성찰할 수 있는 매개이면서, "잔뜩 흐려진 유리창"에 빗물(슬픔)이 흐르는 곳을 현실로 인식하였다. 한편으로는 창밖 고향을 그리워하며 동경("아득히 북녘으로 고향 산자락 보이기 시작하면/웃깃을 여미나니")하기도 하지만, 대체로 다쿠보쿠에게 유리창은 자신이 처한 현실에 대한 성찰(거울)과 현실과 이상 사이의 괴리를 표상(경계)하는 시적 소재로 활용되었다.

조선의 시인 정지용 역시 다쿠보쿠와 비슷한 맥락으로 유리창을 노래했다.

번뜩 눈이 떠졌다 한밤중—
단숨에 가득 차는 電燈.
나는 금붕어처럼 쓸쓸해졌다.
방은 덩그러니 가라앉아 있다.
창가의 푸른 별도 삼켰다.
새까만 어둠이
파도가 일렁이듯 밀려온다.
유리가 뽀얗게 흐려진다.
닦아보아도 역시 무서운 밤이다.
      ○
깊이 가라앉은 가을 이슥한 밤의
외롭고 황홀한 생각.
電燈 아래에서 빛나는 잉크가
푸른 피라도 되는 듯 아름답다.
熱帶地方의 이상한 樹液 냄새가 난다.
여기에 여러 가지 이야깃거리랑
鄕愁(nostalgia)가 고요히

눈물이라도 되는 듯 글썽이며 빛난다.

— 「窓에 서리는 숨」 전문(「窓に曇る息」, 『自由詩人』 4호(1926. 4))[94]

    일본 유학생 시절 발표했던 「窓に曇る息(窓에 서리는 숨)」는 후에 조선어로 발표한 두 작품 「유리창 1」(『朝鮮之光』 89호(1930. 1)), 「유리창 2」(『新生』 27호(1931. 1))과 일정 부분 유사성을 보인다. "나는 금붕어처럼 쓸쓸해졌다"는 구절은 『新生』의 「유리창 2」에서 "아아, 항안에 든 金부어 처럼 갑갑하다"와 유사하다. 『朝鮮之光』의 「유리창 1」에서 "새까만 밤이 밀녀나가고 밀녀와 부듸치고"는 「窓に曇る息」의 "새까만 어둠이/파도가 일렁이듯 밀려온다"와 유사하고, "외로운 황홀한 심사이어니"라는 구절은 「窓に曇る息」의 "외롭고 황홀한 마음"과 유사하다.[95]

    정지용의 작품 「窓に曇る息」과 다쿠보쿠의 유리창 단가(短歌)는 맥락이 비슷하다. 다쿠보쿠가 가난한 사회주의 시인으로서 현실을 비관하고 혁명을 갈망했다면, 정지용 역시 망국(亡國)의 시인으로서 현실을 비관하고 혁명(독립)을 갈망했다. 두 시인 모두 '유리창'에 반사된 자신의 비참한 몰골을 직시(直視)하는 동시에, 어디에도 속하지 못한 '경계인'의 상황을 유리창으로 표상했다. "새까만 어둠이" "파도가 일렁이듯 밀려"오니, "닦아보아도 역시 무서운 밤"일 수밖에. 여기서 '어둠'은 시인의 내면에 드리우는 것일 테고, '무서운 밤'은 시인이 처한 현실일 것이다. 정지용은 "깊이 가라앉은 가을 이슥한 밤"이 깊도록 점점 어두워지는 유리창을 보며 "외롭고 황홀한 생각"

---

94) 최동호 엮음, 『정지용전집 1』, 서정시학, 2015, 311쪽. 이하 정지용의 작품 원문은 이 책에서 인용.

95) 김동희, 「정지용과 『自由詩人』」, 『한국근대문학연구』, 한국근대문학회, 2015, 373~374쪽 참고.

을 한다. 외롭고 황홀한 생각. 다쿠보쿠도 정지용도 처절하게 외롭지만, 황홀한 꿈마저 꾸지 말라는 법은 없겠다.

3. 유리에 차고 슬픈 것

정지용의 대표작이라 할 수 있는 「유리창 1」이 지닌 시사적 가치와 매력은 이미 여러 연구자에게 논의된 바 있으며, 중고등교과서에 자주 수록되는 한국의 명시(名詩)라 해도 무방할 것이다. 기존의 논의에 따르면, 「유리창 1」을 정지용의 가족사적 비극이 투영된 작품으로 보고, '차고 슬픈 것'이라는 표현을 죽은 자식을 형상화한 것으로 해석하는 논의가 많다. 정지용은 세 아이의 죽음을 겪었는데, 1927년 딸, 1929년과 1937년 두 아들을 잃었다. 이에 따라 정지용의 「유리창 1」은 자식 잃은 비극을 극도의 절제로 미학의 경지까지 끌어올렸다는 평을 받고 있다.

정지용, 송재숙 부부와 장남 구관

琉璃에 차고 슬픈것이 어린거린다.
열없이 붙어서서 입김을 흐리우니
길들은양 언날개를 파다거린다.
지우고 보고 지우고 보아도
새까만 밤이 밀려나가고 밀려와 부디치고,
물먹은 별이, 반짝, 寶石처럼 백힌다.

밤에 홀로 琉璃를 닦는것은
외로운 황홀한 심사이어니,
고흔 肺血管이 찢어진 채로
아아, 늬는 山ㅅ새처럼 날러 갔구나!

— 「琉璃窓 1」 전문(『朝鮮之光』 89호, 1930. 1)

    부모 품에 묻힌 시인의 자식은 "琉璃에 차고 슬픈 것"으로, 유리창에 계속 "어린거린다". 시인은 창가에 "열없이 붙어 서서 입김"으로 창문을 흐리게 해 본다. 자식의 얼굴을 그리려는 것인가, 자식의 얼굴을 지우려는 것인가. 곧 사라질 얼룩, 성에 낀 유리창에 자식의 형상이 "언날개를 파다거린다". 그렇게 유리창에 입김이라도 불어서 자식의 얼굴을 볼 수 있다면! "지우고 보고 지우고 보아도"를 수없이 반복하며, 시인은 "새까만 밤이 밀려나가고 밀려와 부디치"는 것을 밤새 지켜보고 있다. 한동안 그러할 것이다. 자식은 "고흔 肺血管이 찢어진 채로" "山ㅅ새처럼 날러 갔"으니, 유리창은 저 세계와 이 세계를 연결해 주는 매개이면서 동시에 저 세계와 이 세계를 분절하는 경계이기도 하다. 저 세계가 아닌 이 세계에 홀로 남겨진 시인. 시인은, 부모의 품을 영영 떠난 자식을, 그 슬픔을 밤하늘의 "물먹은 별"으로 보석처럼 박아 두었다. 시인만이 할 수 있는 일이다.

「悲劇」의 힌얼골을 뵈인적이 있느냐?
그손님의 얼골은 실로 美하니라.
검은 옷에 가리워 오는 이高貴한尋訪에
사람들은 부질없이 唐慌한다.

실상 그가 남기고 간 자최가 얼마나 香그럽기에 오랜 後日에야 平和와
슬픔과 사랑의 선물을 두고 간줄을 알았다.
그의 발옴김이 또한 표범의 뒤를 따르듯 조심스럽기에
가리어 듣는 귀가 오직 그의 노크를안다.
墨이 말러 詩가 써지지 아니하는 이 밤에도
나는 마지할 예비가 있다.
일즉이 나의 딸하나와 아들하나를 드린일이있기에
혹은 이밤에 그가 禮儀를 가추지 않고 오량이면
문밖에서 가벼히 사양하겠다!

— 「悲劇」 전문(『가톨릭靑年』 22호, 1935. 3)

시인은 '비극의 힌얼굴'을 볼 줄 아는 사람이다. 그리고 그 얼굴을 아름답다고(美) 말할 수 있는 사람이다. 시인은 일찍이 딸 하나와 아들 하나를 비극에 드린 일이 있으니, 비극을 맞이할 자신도 있으나, 비극의 흰 얼굴이 한밤중에 느닷없이 나타난다면 "문밖에서 가벼히 사양하겠다". 잉크가 말라 시를 더는 쓸 수 없는 밤 혹은 더는 시를 쓸 수 없을 만큼 잉크를 다 쓴 밤, 시인은 여전히 잠들지 못한다. "검은 곳에 가리워 오는 이 高貴한尋訪"을 이미 경험한 자로서 "부질없이 唐惶"하지 않기 위해서다. 덤덤하게 비극의 흰 얼굴을 마주할 수 있는 시인. "실상 그가 남기고 간 자최가 얼마나 香그럽기에 오랜 後日에야 平和와 슬픔과 사랑의 선물을 두고 간줄을 알았다"는 고백은 아무나 할 수 없을 것이다.

내어다 보니
아조 캄캄한 밤,

어험스런 뜰앞 잣나무가 자꼬 커올라간다.

돌아서서 자리로 갔다.

나는 목이 마르다.

또, 가까히 가

유리를 입으로 쫏다.

아아, 항안에 든 金붕어처럼 갑갑하다.

별도 없다, 물도 없다, 쉬파람부는 밤.

小蒸氣船처럼 흔들리는 窓.

透明한 보라ㅅ빛 누뤼알 아,

이 알몸을 끄집어내라, 때려라, 부릇내라.

나는 熱이 오른다.

뺨은 차라리 戀情스레히

유리에 부빈다, 차디찬 입마춤을 마신다.

쓰라리, 알연히, 그싯는 音響—

머언 꽃!

都會에는 고흔 火災가 오른다.

— 「琉璃窓 2」 전문(『新生』 27호, 1931. 1)

　"아조 캄캄한 밤"이 창밖으로 보이는 밤에 시인은, 유리창에 뺨
을 부비기도 하고, "차디찬 입마춤을 마시"기도 한다. 열이 오르기
때문이다. "都會에는 고흔 火災가 오른다"고 말할 정도로 시인은 지
금 열이 오르고 있다. 그래서 유리창의 차가움으로, 바깥의 냉기로
내적 열기를 완화하고자 하지만, 시인은 어항에 든 금붕어처럼 유리
창 안쪽으로 갇혀 있다. 갑갑해한다. 갑갑한 나머지, 어항에 갇힌 시
인은 자신의 '알몸'을 끄집어내고 때려도 좋으니, 어항 밖으로 나가
고 싶어 한다. 거센 바람("쉬파람")이든, 우박("透明한 보라ㅅ빛 누뤼알")의 파

괴적인 힘이든 간에, 시인은 외부로 나가기에는 연약하고 미약하나, 간절하게 외부로의 탈주를 희망한다. 모두가 다 유리창 때문이다.

4. 이분법의 시작, 유리창

김기림은 정지용을 "최초의 모더니스트"[96]로 규정하였다. 그는 정지용을 "상징주의의 몽롱한 음악 속에서 시를 건져"내고, "우리의 시 속에 현대의 호흡과 맥박을 불어넣은 최초의 시인"[97]으로 보았다. 정지용의 「유리창 1」과 「유리창 2」 이후 한국의 현대시에는 유리창을 소재로 한 작품들이 본격적으로 등장하였다. 김기림의 「유리窓」, 김현승의 「창」, 노천명의 「窓邊」, 김상용의 「남으로 창을 내겠오」 등 소위 '창(窓)의 계보'가 이어졌다. 그러나 정지용의 작품이 다른 작품들을 압도하는 것은 교과서 수록의 빈도가 다른 작품에 비해 월등한 정전(正典) 문제에서만 비롯된 것은 아닐 것이다. 그것은 작품성 혹은 미학의 성취도에 따른 결과이기도 할 것이다.

최초 혹은 본격적으로 한국 시사에 등장한 유리창. 전통적인 가옥의 구조에서 새롭게 등장한 신식의 유리창은 시간과 공간을 합리적으로 조직하고 배치하는 근대의 속성을 아주 잘 보여 준다. 동시에 외부와 내부, 이 세계와 저 세계를 분절하는 이분법의 세계관도 아주 적확하게 잘 보여 준다. 그 경계는 곧 식민지이자 근대를 겪고 있는 시인이 처한 상황과도 같아서 현실과 이상과의 괴리, 생과 사의 건널 수 없는 간극을 잘 보여 주고 있다. 더욱이 유리창 밖으로

---

96) 김기림, 「모더니즘의 역사적 위치」(『인문평론』, 1939. 10), 『김기림 전집 2』, 심설당, 1988, 57쪽.
97) 김기림, 「1933년 시단의 회고」, 위의 책, 62쪽.

군산 시내에 남아 있는 적산가옥

보이는 풍경은, 볼 때마다의 마음을 반영하니, 풍경이 마음을 보고
있다는 말이 정확할지도 모른다. 이러한 유리창의 속성은 어떤 시대
의 시인이든 간에 충분히 매력적이겠다.

'전체로서의 시'는 "비인간화된 수척한 지성의 문명"을 뛰어넘어, 지성과 인간성의 종합, 고전주의와 낭만주의의 종합으로 추구되는 시다. 이것은 기존의 퇴폐적, 감상적 낭만주의를 극복하고 현대문명에 대한 적극적인 비판정신을 갖춰 가는 것이자 현대문명의 방향을 제시까지 해야 했다. 이에 따라 그는, 문학사에서 그 유명한 '기교주의 논쟁'의 불씨를 당기면서 카프 해산(1935. 6) 이후 잠잠했던 조선 문단에 새로운 담론을 불어넣었다.

김기림의 『시론』

시론

김기림, 한국 최초의 시론을 발간하다

시론

김기림, 한국 최초의 시론을 발간하다

1. 한국 문학사 최초의 詩論

한국 문학사와 대학교 문학 전공 현장에서 '시론(詩論)'을 꼽으라면, 단연 김준오 선생의 『시론』(삼지원, 1982)을 꼽을 것이다. 국문과 전공자라면 반드시 집에 있을 것이며, 없다면 후배에게 물려줬을 책이다. 그만큼 초심자 혹은 전공자를 위한 시 이론 입문서라 할 수 있는데, 김준오 이전에도 시론이 존재하고 있었으니, 바로 김기림의 『시론』(1947, 백양당)이다.

"우리가 가지고 있는 단 한 권의 시론"이자 "이 나라에서 자기 나름으로 근대적 시 이론을 소개한 거의 유일한 존재"(송욱, 『시학평전』, 일조각, 1963, 178쪽)라는 지적에서 알 수 있듯이, 김기림의 시론은 기존에 없던 새로운 것이었다. 물론 서양의 시 이론(특히, 영미시의 주지주의)을 소개하는 것이 주를 이루고 있긴 하지만, 척박한 식민지 시대에서 그만한 성과는 쉽게 평가 절하할 수 있는 것은 아니다. 더욱이 김기림의 『시론』은 김기림이 문단에 등장한 1931년부터 1947년까지 쓴 글들을 한 권의 책으로 엮은 것이니, 한국문학사 최초의 '시론'이라고 말해

도 문제없을 것이다. 『시론』의 목차를 살피
면 다음과 같다.

김준오의 『시론』(필자가 가지고 있
는 『시론』)

김기림의 『시론』 초간본

　　연도순으로 나열하지 않고 각 주제에 맞는 글들을 부분별로 모았다. 주로 신문과 잡지 등에 발표한 글들을 모았기 때문에 시 이론과 현장 비평이 두서없이 섞여 있다. 물론, 현재의 관점에서 보면 보다 체계적이지 못하고 짧은 저널리즘의 형식의 글이기 때문에 한계점은 분명하게 노출되지만, 17년 동안 김기림은 '큰 그림(the big picture)'을 그리면서 작품 활동과 연구를 이어 갔다는 점에서 매우 흥미롭다. 그것은 바로 '전체로서의 시'라는 큰 그림이다.

비인간화한 수척한 지성의 문명을 넘어서 우리가 의욕하는 것은 지성과 인간성이 종합된 한 새로운 세계다. 우리들 내부의 「센티멘탈」한 「東洋人」을 깨우쳐서 우리는 우리 지성의 문을 지나게 하여야 할 것이다. 만약에 시가 피동적으로 현대문명을 반영함으로써 만족한다면 「흄」이나 「엘리엇」의 고전주의가 바른 것이 될 것이다. 그러나 우리의 시 속에 현대문명에 대한 능동적인 비판을 구한다면 그것은 그 속에 현대문명의 발전의 방향과 자세를 제시하고야 말 것이다.[98]

---

98) 김기림, 「전집 2」, 심설당, 1988, 165쪽.

인용된 「오전의 시론」에서 보다 구체적인 설명을 하는데, 그에 따르면, '전체로서의 시'는 "비인간화된 수척한 지성의 문명"을 뛰어 넘어, 지성과 인간성의 종합, 고전주의와 낭만주의의 종합으로 추구되는 시다. 이것은 기존의 퇴폐적, 감상적 낭만주의를 극복하고 현대문명에 대한 적극적인 비판정신을 갖춰 가는 것이자 현대문명의 방향을 제시까지 해야 했다. 이에 따라 그는, 문학사에서 그 유명한 '기교주의 논쟁'의 불씨를 당기면서 카프 해산(1935. 6) 이후 잠잠했던 조선 문단에 새로운 담론을 불어넣었다. 바야흐로, 카프가 주도했던 1920년대가 저물고, 1930년대 중반부터 새 시대, 소위 '모던뽀이의 시대'가 열린 것이다.

2. 시의 조종(弔鐘)을 울리며 등장한 모더니스트 김기림

김기림 젊었을 때 모습(사진 도호쿠대학 역사관)

김기림은 1908년 함북 성진에서 출생하여 1925년 일본 도쿄의 메이쿠(名教) 중학 4학년에 편입하였고, 1926년 니혼(日本)대학 예술학부에 입학하여 영문학과 예술 각 분야를 학습했다. 1929년 4월 니혼대학을 졸업하고 조선으로 돌아와 조선일보사 기자로 근무하면서 'G. W'라는 필명으로 1930년 9월 6일자 조선일보에 시 「가거라 새로운 生活로」를 발표하면서 본격적인 시인으로서의 행보를 떼게 된다. 그리고 1931년 1월 16일자 조선일보에 「詩論」이라는 작품을 발표한다.

— 여러분 —
여기는 發達된 活字의 最後의 層階올시다
單語의 屍體를 질머지고
日本 조희의
漂白한 얼골 우헤
꺽구러저
헐떡이는 活字 —
〔……〕
나기를 넘우 일즉히 한 것이여
생기기를 넘우 일직히 한 것이여
感激의 血管을 脫腸當한
죽은 「言語」의 大量産出 洪水다.
死海의 汎濫—警戒해라

詩의 宮殿에—骨董의 廢墟에
詩는 窒息햇다
「안젤러쓰」여
先世紀의
오랜 廢人
詩의 弔鐘을
울여라
千九白三十年의 들에
藝術의 무덤우에
우리는 흙을 파언자
— 「詩論」(≪조선일보≫, 1931. 1. 16) 앞부분[99]

김기림이 보기에 그동안 조선 문단의 시는 "감격(感激)의 혈관(血管)

99) 여태천, 「1930년대 새로운 시와 시적 언어의 한계—김기림의 시와 시론을 중심으로」,
『Comparative Korean Studies』, 21권 3호, 2013, 289쪽 재인용.

을 탈장당(脫腸當)한 죽은 언어(言語)의 대양산출(大量産出) 홍수(洪水)"이자 "사해(死海)의 범람—경계(汎濫―警戒)"처럼 처참했다. "골동(骨董)의 폐허(廢墟)에 시(詩)는 질식(窒息)했다", "시의 조종(弔鐘)"을 울려야 한다는 그의 무척 강한 비판과 더불어, 「詩論」의 뒷부분에서 다음과 같이 일갈(一喝)하며 자신의 등장을 화려하게 알린다.

한개의
날뛰는 名辭
금틀거리는 動詞
춤추는 形容詞
(이건 일즉이 본 일 업는 훌륭한 生物이다)
그들은 詩의 다리(脚)에서
生命의 불을
뿜는다.
詩는 탄다 百度로 ―
빗나는 「푸라티나」의 光線의 불길이다

  명사가 날뛰고 동사가 꿈틀거리며 형용사가 춤을 추는 시, "일즉이 본 일 업는 훌륭한 생물(生物)"로서의 시, 생명의 불을 뿜으며 스스로 타는 시. 물론 작품에서 직접 형상화해 내지는 못했지만, 그가 앞으로 어떤 글을 쓸지 어느 정도 짐작해 볼 수 있는 작품이 아닐까. 뒤이어 그는 비평 「시의 방법」(1932. 4)에서 "우리 시단은 격정적인 「센티멘탈」한 이 종류의 너무나 소박한 詩歌의 홍수로써 일찌기 범람하고 있었다. 시인은 한개의 목적=가치의 창조로 향하여 활동하는 것이다. 그래서 의식적으로 의도된 가치가 시로서 나타나야 할 것"

이라고 말하며 '센티멘탈(감상성)'을 타도해야할 것으로 보고, 시인의
목적과 태도가 분명하게 시에 나타나야 할 것을 주장한다. 여기서
부터 본격적인 모더니스트로서의 김기림이 두각을 나타내기 시작한
다. 바로 임화와 박용철과의 논쟁(배틀)이다!

3. 1930년대 조선문단 = '모더니즘 문학 vs 리얼리즘 문학 vs 순수 문학'

최남선에서 출발한 1920년대 신시(新詩)와 카프의 경향시로부터
1930년대 조선 문단의 '현대시(modern한 시)'가 어떻게 다른지, 1930년대
시인들은 '스스로' 제시해야 했고 설명해야 했다. 이에 따라 그들에
게는 모던한 시, 새로운 시의 전범(典範)이 필요했고, 이에 정지용과
신석정이 호명을 받게 되었으나, 임화가 반발하면서 '기교파'와 '경
향파'라는 두 분파가 만들어지게 된다. 바로 '기교주의 논쟁'의 발발
(勃發). 김기림과 임화의 논쟁에 박용철이 합세하면서 1930년대 조선
문단의 구도는, '모더니즘 문학(feat.김기림) vs 리얼리즘 문학(feat.임화) vs
순수 문학(feat.박용철)'으로 나뉘게 되었다. 물론 이들의 논쟁은 서로 물
고 뜯으며 인신공격도 서슴지 않았던 이전의 황석우와 현철 '신시논
쟁'과는 차원이 다르며, 또 논쟁도 비교적 정제되어 있고 날카롭다.
그만큼 성숙해진 것이다.

기교주의 논쟁[100]은 김기림의 「시에 있어서의 기교주의의 반성
과 발전」(1935. 2)이라는 글에 임화가 「담천하의 시단 1년」(1935. 12)을 통

---

100) 기교주의 논쟁은 일반적으로 다음의 순서로 정리할 수 있다.
김기림, 「시에 있어서의 기교주의의 반성과 발전」(《조선일보》, 1935. 2. 10~3. 14) → 임화, 「담
천하의 시단 1년」(《신동아》, 1935. 12.) → 박용철, 「올해시단총평」(《동아일보》, 1935. 12.
24~28) → 김기림, 「시인으로서 현실에 적극 관심」(《조선일보》, 1936. 1. 1~5) → 임화, 「기교
파와 조선시단」(《중앙》, 1936. 2.) → 박용철, 「기교주의 설의 허망」(《조선일보》, 1936. 3.)」

해 문제를 제기하면서 본격적으로 시작된다. 그러나 그 이전부터 김기림과 임화는 충돌하고 있었다. 김기림이 「1933년 시단의 회고와 전망」(1933. 12)에서 정지용과 신석정의 작품을 높이 평가하자, 임화는 「33년을 통하여 본 현대 조선의 시문학」(1934. 2)을 통해 정지용, 이상, 신석정, 김기림 등의 시를 신비주의(종교)와 '이지의 장난감'(주지주의)

김기림과 신석정(1934년 사진)

으로 혹독하게 비판하면서 이들의 핑-퐁 논쟁은 계속 전개되었다.

김기림은 '시의 가치를 기술을 중심으로 하고 체계화하려는 하는 사상에 근저를 둔 시론'을 '기교주의'로 명명하며 이를 비판한다. 이 기교주의는 '감정의 배설'로서 '구식 로맨티시즘'으로부터의 탈피라는 점에서 의미가 있지만, 30년대에 들어 이제는 그 역사적 의의를 잃어버리고 음악성이나 회화성을 쫓는 경향으로 기울어졌다는 것이 김기림의 기교주의 비판이다. 이는 한국 문학사의 발전 과정에 따른 필연적인 문제였고, 그는 한국 문학사를 자세히 정리하면서 앞으로 이러한 문제점들을 타개할 수 있는 '전체로서의 시'를 주장하면서 논의를 마무리한다.

그런데 '뜬금없이', 임화는 김기림의 10개월 전 글에 대해 논박을 하며 1935년 시단에 대해 정리를 '다시' 한다. 1935년 6월 카프 해산계를 직접 제출한 후 병석에 누운 이유도 있겠지만, 카프가 영영 사라지는 것을 원치 않았기 때문일 것이다. 김기림의 「시에 있어서의 기교주의의 반성과 발전」에는 신경향파 문학, 즉 계급의 분화 과정

조선문단의 빅이슈가 되었던 정지용시집

이 언급되지 않았다! 김기림이 소외시켰던 카프의 '신경향파 문학'의 의의와 문학사적 위치를 바로잡아야 한다는 일념으로 임화는 오래된 김기림의 글을 소환해 낸다.

임화는 기교파의 문제를 '시는 언어의 기술', 경향파의 문제를 '조악한 언어상의 유산'으로 지적하면서 언어 문제를 핵심 쟁점으로 부상시킨다. 그는 정지용이나 신석정이 언어의 기교에만 몰두하는 것으로 보고, 인간의 생활과 현실에 무감각하다는 것을 기교파의 가장 큰 문제로 삼는다. 그에 따르면, 기교파는 '감정'이 없는 시인들, '감각의 시인'일 뿐이지만, 프롤레타리아 시는 현실에 예민하게 반응하는 '감각'이 살아 있는 시로 보았다. 그러니까 임화는 김기림의 기교주의 개념을 빌려 당시의 시단을 비판한 것이다. 임화는 30년대 시단에서 급부상하고 있는 정지용(1935년 10월 『정지용시집』이 발간되었다!)과 신석정을 기교파의 대표로 몰아세워 이들을 비판("똑바른 조선어를 쓰라")하면서 카프의 신경향파 문학(리얼리즘)의 방향을 스스로 잡아 나가려 했던 것이다.

여기서 박용철이 등장한다. 그는 「올해시단총평」(1935. 12)에서 김기림의 '새로움의 추구'라는 것을 문제 삼아, "가능 이상의 속도"를 추구하는 조선 시단은 결국 과부하로 인해 작품이 "기괴(奇怪)"에 이를 수밖에 없다고 보았다. 임화 역시 "표제 중시의 사상"으로 일관하고 있음을 문제 삼고, 임화가 여전히 시를 산문과 비슷한 "설명적 변설(辨說)"로 파악하는 잘못을 저지르고 있음을 비판한다. 박용철은 '작심(作心)'하고, 정지용의 「유리창」을 카프시와 비교하여 임화를 날카롭게 비판한다.

우리가 이 시를 이삼(二三)독(讀)하는 가운데 틀
림없이 사물의 본질에까지 철(徹)하는 시인의 예
민한 촉감을 느낄 것이오 그다음으로 일맥의
비애감을 맛볼 수 있는 것이다. 그리고 혹시는
이 시를 논해서 〈결코 감정의 정도에 오르지 않
는 자연의 단편에 대한 감각〉이라고 하는 사람
도 있을 것이다.

박용철(1904~1938)

내가 이 시를 해설하므로 보충하려는 것이 이러한 감상의 미달이다. 그
가 이 시를 쓴 것은 그가 비애의 절정에 서서 그의 심정을 민광(悶狂)하려
든 때이다. 그는 그의 사랑하는 어린 아들을 잃은 것이다.
그러므로 호변적(好辯的)인 시인이면 이런 때 적당히

아! 내 사랑하는 아들아 너는 갔느냐 갔느냐
내일에 피여나는 힘과 젊음을 약속하는 아모 티와 흠 없는
조고만 몸아 이것이 믿을 수 있는 일이냐
네가 비록 여기 차게 누웠을지라도
너의 손은 고대 나를 잡을 것 같다.
너의 어머니의 사랑이오
나의 기쁨인 아가야
네가 참으로 갔느냐
오! 나의 찌여지는 가슴!

적당히 이렇게 시작하였을 것이다. 그러나 시인 정지용은 아마 죽여
도 이렇게 애호하고 호소하려 하지 아니할 것이다. 그는 이러한 생생
한 심정을 직설적으로 노출하는 것보다는 그 민민한 정을 씹어 삼키

려 했을 것이다. 그래서 그는 좁은 방 키와 나란한 들창에 붙어 서서 밖에 어둔 밤을 내다보며 입김을 흐리고 지우고 이렇게 작난에 가까운 일을 하는 것이다.[101]

박용철은 정지용의 「유리창」을 카프시의 '설명적 변설' 스타일로 개작하여 보여 주면서 정지용의 '시적 언어'(추후 박용철은 '변용'과 '영감'이라는 개념으로 시적 언어를 설명한다)가 미학적으로 성공했음을 증명해 낸다. 임화 역시 이에 대한 반론을 제기하지만, 임화는 박용철의 시론을 '계시적 영감설' 등으로 오해하면서, 박용철은 따로 자기의 논지대로 밀고 나가면서 독창적인 시론을 구축한다. 이제 김기림과 임화의 논쟁으로 좁혀지게 되었다.

4. 여전히 진행 중인 시론

가만히 살펴보면, 김기림은 한국 문학사에 기교주의 논쟁이라는 멍석을 깔아 준 것처럼 보인다. 카프의 부활을 꿈꾸는 임화에게 논쟁거리를 내준 꼴이 되었고, 김기림과 임화의 논쟁은 거듭할수록 카프 스스로 입지를 다지려는 자리가 되었다. 물론, 여기서 박용철에게는 독특한 자기만의 시론(「시적 변용」)을 만들 수 있는 좋은 기회를 잡았다.

이러한 기교주의 논쟁은 1930년대에 이르러 가속화된 시대 변환(반일감정이 고조된 지금, 이를 '발달'이라고 말할 수 있을까)과 그에 따른 문학장에 대한 진단, 보다 '건강하고 명랑'한 문학사로 이어지기 위한 이들의 복

---

101) 박용철, 「올해시단총평」, 『박용철전집-평론집』, 깊은샘, 2004.

잡다단한 고민이 한데 모여 부딪치고 갈라진 중요한 사건이라 할 수 있다. 이들의 삼각구도는 곧 앞으로 전개될 한국 문학사의 축소판 혹은 이정표가 되었다.

물론, 김기림이 기교주의 논쟁에서 소극적으로 보이는 이유 중 하나는 논쟁 직후 일본으로 유학을 떠났기 때문에 비평 활동을 잠정적으로 중단해야 하는 탓도 있었을 것이다. 그러나 그는 귀국 직후 「모더니즘의 역사적 위치」(1939. 10)를 발표하면서 그동안의 논쟁에 대한 '절치부심(切齒腐心)' 끝에, 답을 내린 것처럼 보인다. 그는 박용철이 부정확한 개념이라고 지적했던 '기교주의'라는 용어를 '모더니즘'으로 수정하면서, 임화가 기교파라 칭했던 정지용, 신석정, 이상 등의 시인을 '모더니스트'라고 규정하면서 이들을 재평가한다. 그리고 그는 다시 '전체로서의 시'를 제시하면서 기존과 다른 결의 글들을 발표하기 시작한다. 이른바 '시와 과학의 결합'. 21.3세기인 지금도 모더니즘은 끝나지 않았으니, 그의 시론(詩論)은 여전히 진행 중이다.

김기림은 태풍의 전개에 따라 전 세계 각국의 풍경을 보여 주면서
제국주의, 파시즘 등 근대 문명의 폐해를 지적하면서 조선 땅에 '곧'
벌어질 일을 미리 예측하고자 했다. '기상도(氣象圖)' 말 그대로 전 세
계 기상 변화를 그려 가면서 장차 다가올 재난과 고통을 예비하고
자 했던 것이다.

이상이 장정한 김기림의 첫 시집 『기상도』

기상도

김기림, 근대 문명의 폐허를 지적하며 장시에 도달하다

기상도

김기림, 근대 문명의 폐해를 지적하며 장시에 도달하다

1. 한국 장시(長詩)의 시초, 「기상도」

우리나라 최초의 근대 서사시로 평가받는 유엽의 「소녀의 죽음」
(1924) 이후 김동환의 「국경의 밤」(1925), 「승천하는 청춘」(1925), 김억의
「지새는 밤」(1930) 등은 조선 땅에서도 '서사시'가 가능함을 보여 주었
다. 뒤이어 김기림은 전체 7부 424행의 「기상도」를 1935년 5월부터
11월까지 4회에 걸쳐 『중앙』(4월, 7월호)과 『삼천리』(9월, 11월호)에 발표하
고, 시인 이상에게 편집과 교정을 부탁해 1936년 창문사에서 단행본
으로 발간되었다. 그는 시집 서언에서 "한 개의 現代의 交響曲을
計劃한다. 現代 文明의 모-든 面과 稜角은 여기서 發言의 權利와
機會를 拒絶 당하는 일이 없을 것이다."라고 말하면서 야심차게
'현대 문명의 교향곡'을 선보인다. 흄(T.E. Hulme), 엘리엇(T.S. Eliot), 리
처즈(I.A. Richards) 등으로 대표되는 영미 주지주의 영향을 많이 받은
김기림은 철저히 이미지 중심의 문장들을 거침없이 이어 간다. 1
부 〈세계의 아침〉, 2부 〈시민 행렬〉, 3부 〈태풍의 기침 시간〉, 4
부 〈자취〉, 5부 〈병든 풍경〉, 6부 〈올빼미의 주문〉, 7부 〈쇠바퀴

의 노래〉로 구성된 「기상도」는 전 세계를 배경으로 한 '스펙터클(spectacle)' 장시(長詩)였다.

이상이 장정한 김기림의 첫 시집 「기상도」

그러나 근대 문명의 위기와 급박하게 전개되는 국제 정세를 장시로 보여 준 김기림에 대한 당대의 평가는 그다지 좋지 못했다. "인테리겐차 류의 소비적 취미에 의하야 시적으로 질서화하고 한 개의 감각적인 유미사상"(임화)[102], "필름의 다수한 단편을 몬타쥬한 것"(박용철)[103], "엄밀한 의미의 메타피지칼 시가 되기엔 배후에 사상적 요소가 희박한 듯"(최재서)[104], 해방 이후 송욱마저도 "아무런 원칙도 없이 서구 문물과 신문의 외신을 늘어놓은 정도[105]로 혹평을 가하였다. 문학사가 어느 정도 정돈되면서 김춘수나 문덕수 등이 장시(長詩)로서의 가능성을 긍정하였지만, 「기상도」는 우리가 시 장르의 하위 갈래로 배웠던 '서사시'급까지는 도달하지 못했던 것이다. 어떤 인물을 중심으로 사건이 진행되거나 어떤 사건을 소재로 전개되지 않고, "신문의 외신에 나타나는 정도의 사건을 아무런 원칙 없이 마구 등장시켜서 이에 대한 풍자를 늘어놓았다."는 송욱의 말처럼 다양한 주제와 이미지들이 일관된 원칙 없이 나열되었기 때문이다. 물론, 현시대의 관점에서 식민지 문학작품의 미학성과 완결성 따지는 것은 불가능하거니와, 피폐한 식민지 현실을 감안해서 의미를 매겨야 할 것이며, 식민

---

102) 임화, 「담천하의 시단 일년-조선의 시문학은 어듸로!」, 「신동아」 12호, 1935. 12.

103) 박용철, 「올해 시단 총평」, 「동아일보」, 1935. 12. 28.

104) 최재서, 「현대시의 생리와 성격-장편 시 「기상도」에 대한 소 고찰」, 「조선일보」, 1936. 8. 27.

105) 송욱, 「시학평전」, 일조각, 1963, 192쪽.

지 근대가 늘 그러하듯, '최초'라는 상징성에 더욱 후한 점수를 주는 것이 온당해 보인다.

I. THE BURIAL OF THE DEAD

APRIL is the cruellest month, breeding
　　Lilacs out of the dead land, mixing
Memory and desire, stirring
Dull roots with spring rain.
Winter kept us warm, covering
Earth in forgetful snow, feeding
A little life with dried tubers.
Summer surprised us, coming over the
　　Starnbergersee
With a shower of rain; we stopped in the
　　colonnade,
And went on in sunlight, into the Hof-
　　garten,　　　　　　　　　　10
　　【 9 】

T.S. 엘리엇의 「황무지」 첫 구절
"4월은 잔인한 달"

김기림의 「기상도」는 엘리엇의 「황무지」와 비교되고 함께 분석되는 논의가 많다. "「황무지」가 서구 모더니즘을 대표하는 시로 간주한다면, 「기상도」는 한국 모더니즘의 기수로 평가된 김기림의 대표작"[106)]이라고 할 수 있을 만큼, 김기림과 엘리엇의 영향 관계와 관련지은 기존의 연구가 많다. 특히, 김기림은 동양인의 특성을 비판하며 새로운 시문화 창조의 필요성을 피력하면서 모범으로 「신곡」, 「실낙원」, 「황무지」를 제시하였고, 그는 여러 글에서 「황무지」를 강하게 비판하면서 대안적 성격으로 창작한 자신의 「기상도」를 옹호했다.

우리들의 대부분은 單調을 사랑하는 버릇을 좀체로 떨어버리지 못했다. …(중략)… 단조-그것은 우리들 동양인이 가장 빠지기 쉬운 예술상의 함정이고 동시에 모든 위대한 예술이 삼가 피하는 예술적 결함의 하나다. 또한 시의 구조에 있어서도 오해된 단순-즉 단조-과 통일은 혼동되어 쓰여지는 경우가 많았다. 즉 단시에서는 그렇지도 않지만 장시에 있어서는 그 구조가 자못 복잡해 보이는 것만 가리켜서 단순하지 않다는 구실로 비난하는 소리를 들었다. 그러나 그러한 외관상의 복잡에도 불구하고 거기에 만약에 '다양 속의 통일'이 있기만 하면 비난될 것은 아

106) 박현경, 「기상도 다시 읽기-김기림의 시론과 T.S. 엘리엇 수용을 중심으로」, 『동시비교문학저널』 32, 2015, 113쪽.

니다. 「神曲」이 그러했고 「失樂園」이 그러했다. 또 「황무지」가 그렇다. 이러한 과오는 대체로 단시만을 좋아하고 장시를 꺼려하던 사상파에게도 있었다.[107]

김기림은 '단시(短詩)'만 좋아하는 동양인의 문제점을 지적하며, '다양 속의 통일'이 가능한 장시(長詩)론을 본격적으로 전개한다. 그가 제시한 '전체로서의 시'(《오전의 시론》)로서 장시는 최적의 시형식이었던 것이다. 기존의 퇴폐적 낭만주의를 극복하고 현대문명에 대한 비판 정신을 벼리는 시형식으로 마침내, 그는 장시에 도달하였다.

우리는 일찌기 20세기의 신화를 쓰려고 한 「荒蕪地」의 시인이 겨우 정신적 火田民의 신화를 써놓고는 그만 구주의 초토 위에 무모하게도 중세기의 신화를 재건하려고 한 전철은 똑바로 보아 두었을 것이다.[108]

하지만 김기림은 영미 주지주의를 조선 땅에 소개하며 주지주의의 시론을 긍정적으로 평가하면서 자신의 '시론'으로 삼지만, 엘리엇의 「황무지」를 예로 들어 서구의 기독교 사상을 비판하면서 자신의 입지를 다져간다. 그는 서구의 기독교는 파탄과 분열만 존재하는 근대와 어울리지 않다고 보고, 「황무지」에 내재한 기독교적 세계관을 "환자에게 맞지 않는 가정용법"[109]으로 보았다. 그는 기독교를 제국주의에 이용당한 도구에 불과한 것으로 보고, 기독교가 아닌 새로운 대안으로서의 '근대(시)'를 모색하고자 했다. 바로 「기상도」다!

---

107) 김기림, 『김기림 전집 2』, 심설당, 1988, 170쪽.
108) 김기림, 위의 책, 33쪽.
109) 김기림, 위의 책, 385쪽.

2. 태풍의 내습

김기림은 태풍의 전개에 따라 전 세계 각국의 풍경을 보여 주면서 제국주의, 파시즘 등 근대 문명의 폐해를 지적하면서 조선 땅에 '곧' 벌어질 일을 예측하고자 했다. '기상도(氣象圖)' 말 그대로 전 세계 기상 변화를 그려 가면서 장차 다가올 재난과 고통을 예비하고자 했던 것이다.

비눌
돛인
海峽은
배암의 잔등
처럼 살아났고
아롱진 「아라비아」의 衣裳을 둘른 젊은, 山脈들

바람은 바다가에 「사라센」의 비단幅처럼 미끄러웁고
傲慢한 風景은 바로 午前 七時의 絶頂에 가로누었다
　　　　　　　　　　　　　 ― 제1부 「世界의 아침」 부분[110]

장시 「기상도」의 가장 첫 부분이다. "배암의 잔등처럼 살아"있는 해협과 "아롱진 아라비아의 의상을 둘른 젊은" 산맥들, "「사라센」의 비단폭(幅)처럼 미끄러"운 바람은 근대 문명의 밝고 희망찬 모습을 보여 준다. 최남선을 위시한 근대 지식인들이 동경하고 그리워하는 그 '근대' 말이다. 그러나 마지막 행에 등장하는 "오만(傲慢)한 풍경(風

---

110) 이하 인용되는 김기림의 작품은 김기림, 『김기림 전집 1』, 심설당, 1988의 표기에 따름.

景)"에서 뭔지 모를 불안이 감지된다.

넥타이를 한 힌 食人種은
니그로의 料理가 七面鳥보다도 좋답니다
살갈을 희게 하는 검은 고기의 偉力
醫師 「콜베-르」氏의 處方입니다
「헬메트」를 쓴 避暑客들은
亂雜한 戰爭競技에 熱中했습니다
슬픈 獨唱家인 審判의 號角소리
너무 興奮하였으므로
內服만 입은 파씨스트
그러나 伊太利에서는
泄瀉劑는 일체 禁物이랍니다
아메리카에서는
女子들은 모두 海水浴을 갔으므로
빈 집에서는 望鄕歌를 불으는 니그로와
생쥐가 둘도 없는 동무가 되었습니다
巴里의 男便들은 차라리 오늘도 自殺의 衛生에 대하여 생각하여야 하
고
옆집의 수만이는 석달만에야
아침부터 支配人 영감의 自動車를 불으는
지리한 職業에 就職하였고

김기림

— 제2부 「市民行列」 부분

　문명의 밝음 뒤에는 폭력과 야만성이 숨어 있다. 아프리카 흑인
노예 '니그로'를 착취하는 "넥타이를 한 흰 식인종(食人種)"과 강력한
왕권과 제국주의 신장에 앞장섰던 프랑스의 해군장관 '콜베르'가

등장한다. "헬메트를 쓴 피서객(避暑客)"은 열대지역에 파견된 병사들[111]로 식민지 쟁탈전을 둘러싼 "난잡(亂雜)한 전쟁경기(戰爭競技)"가 시작된다.

"심판(審判)의 호각(號角)소리"도 소용이 없다. 김기림은 이태리의 파시스트 또한 고발하며 국가 간 아귀다툼을 강력하게 비판하는 동시에 대공황(Depression of 1929)에 따른 희생을 보여 준다. "자살(自殺)의 위생(衛生)"을 생각해야 하는 남편들, "아침부터 지배인(支配人) 영감의 자동차(自動車)를 불으는 지리한 직업(職業)에 취업(就職)하"면 그나마 다행이다. 김기림은 파시즘과 제국주의에 따른 과욕과 경제의 하락이 전 세계 곳곳에서 우후죽순 일어나고 있음을 시의 형식을 빌려 보고서를 작성해 갔다.

中央氣象臺의 技師의 손은
世界의 1500餘 구석의 支所에서 오는
電波를 번역하기에 분주하다

(第一報)
低氣壓의 中心은
「발칸」의 東北
또는
南美의 高原에 있어
690밀리
때때로
적은 비 뒤에

---

111) 김유중, 「「기상도」의 주제와 '태풍'의 의미」, 『한국시학연구』 52, 2017, 20쪽.

큰 비
바람은
西北의 方向으로
35미터

(第二報·暴風警報)
猛烈한 颱風이
南太平洋上에서
일어나서
바야흐로
北進中이다
風雨 强할 것이다
亞細亞의 沿岸을 警戒한다

― 제3부 「颱風의 起寢時間」 부분

마침내, 태풍이 발생하였다! 그런데 태풍(typhoon)은 일반적으로 적도 근처 태평양 해상에서 발생하는 '열대성 저기압'인데, 김기림은 어째서 태풍의 발생지로 '발칸의 동북'과 '남미의 고원'을 제시했을까. 발칸 반도는 '유럽의 화약고'로서 1차 세계 대전 이후 여러 국가의 패권 다툼의 장이었고, 남미 역시 석유 관할권을 둘러싼 차코전쟁이 발발되었다.[112) 김기림은 한반도의 정반대 편에서 일어난 전쟁과 그 여파가 곧 한반도를 비롯한 아시아에 들이닥칠 것임을 태풍의 북상으로 은유하였다.

---

112) 김유중, 앞의 글, 30~32쪽 참고.

산빨이 소름 친다

바다가 몸부림 친다

휘청거리는 삘딩의 긴 허리

비틀거리는 電柱의 미끈한 다리

旅客機는 颱風의 깃을 피하야

成層圈으로 소스라처 올라갔다

痙攣하는 亞細亞의 머리 우에 흐터지는 電波의 噴水 噴水

— 제4부 「자최」 부분

짓밟혀 느러진 白沙場 우에

매맞어 검푸른 빠나나 껍질 하나

부프러올은 구두 한짝을

물결이 차던지고 돌아갔다

海灣은 또 하나

슬픈 傳說을 삼켰나보다

— 제5부 「病든 風景」 부분

태풍이 아시아 곳곳을 휩쓸어 가며 북상하고 있다. 태풍이 지나
간 자리에는 '병든 풍경'과 '슬픈 전설'만 남아 있을 뿐이다. 전쟁의
참상(慘狀)은 형용하기 어렵다.

허나

이윽고

颱風이 짓밟고 간 깨여진 「메트로폴리스」에

어린 太陽이 병아리처럼

홰를 치며 일어날 게다

하루밤 그 꿈을 건너다니던

수없는 놀램과 소름을 떨어버리고
이슬에 젖은 날개를 하늘로 펼게다
탄탄한 大路가 希望처럼
저 머언 地平線에 뻗히면
우리도 四輪馬車에 來日을 싣고
유량한 말밥굽 소리를 울리면서
처음 맞는 새길을 떠날게다
밤인 까닭에 더욱 마음달리는
저 머언 太陽의 故鄕

— 제7부「쇠바퀴의 노래」부분

　태풍이 저위도 지방에 축적된 대기 중의 에너지를 고위도 지방
으로 수송하여 남북의 온도 차를 조절하고 물 부족 문제를 해결해
주는 순기능을 가지고 있듯, 김기림 역시 태풍 내습에 따른 피해와
고통만을 보여 주는 것에 그치지 않았다. 그는 태풍이 지나간 자리
에 "어린 태양이 병아리처럼 홰를 치며 일어날 게다"라고 말하며 새
로운 희망을 이야기한다. 비록 지금은 폐허의 자리에 있지만, "사륜
마차(四輪馬車)에 내일을 싣고 유량한 말밥굽 소리를 울리면서 처음 맞
는 새길을 떠날" 것을 주문한다. '어린 태양'을 향해 가는 '사륜마차'
의 '쇠바퀴'. 조선 땅의 모든 시민들은 '쇠바퀴'가 되어 "탄탄한 대로
(大路)가 희망(希望)처럼 저 머언 지평선(地平線)에 뻗"힐 때까지 달려야
한다. 그에게 구원은 초월적인 신(神)에게 있는 것이 아니라, '쇠바퀴'
에게 있었던 것이다. 김기림은 조선의 '쇠바퀴'들이 제국주의와 전
쟁으로 인한 문명의 몰락과 급변하는 국제 정세에 예민하게 반응하
며, 동시에 '새길'을 향해 끊임없이 살아가기를 소망했던 것이다.

3. 조선 땅에서 첫 기상 관측

그런데 김기림은 어떤 발상으로 「기상도」를 창작하게 되었을까. 그의 전기적 사실과 성향을 추적해 가면 어렵지 않게 발견할 수 있다. 기록에 의하면, 김기림은 1930년 4월 20일에 조선일보에 입사하여 1936년 4월 동북제대 영문과에 진학했고, 동북제대 유학에서 돌아온 1939년 봄부터 1940년 8월 10일 조선일보가 폐간할 때까지 사회부 기자로 활동했다. 더욱이 그는 과학의 역할과 중요성을 강조하며 '시의 과학화'를 시론에서 자주 언급하며 '근대=과학=기술'의 등식을 만들어 갔다. 따라서 시시각각 국내외 다양한 정보가 한꺼번에 모이는 신문사라는 장소에서 정확하게 선별해 내서 기사화하는 일을 업으로 하는 김기림에게, 기상도는 접하기 쉬운 것이자, 그가 강하게 믿는 과학의 총체가 아니겠는가. 그렇다면 조선의 기상도(일기예보)는 언제부터 시작되었는지 궁금해진다.

세계 최초의 기상 관측은 프랑스에서 시작되었다. 1854년 11월 14일 크림반도를 휩쓴 큰 폭풍에 의해 크림전쟁에 참가하고 있던 프랑스 연합이 크림반도에서 큰 피해를 입고 프랑스 군함 앙리호가 침몰당했다. 이에 따라 프랑스 정부의 의뢰를 받은 천문대장 르베리에는 유럽의 각 관측소로부터 250통의 기상 기록을 모아 폭풍이 에스파냐 부근으로부터 지중해를 거쳐 흑해로 진행해 온 것임을 알아내었다.

한국 기상 관측의 역사를 거슬러 올라가면 '우량기'의 발명으로 본격적인 기상 관측이 시작되었다고 볼 수 있다. 먼저 기상 관측 최초의 기록은 1398년 6월 28일(음력 태조 7년 윤 5월 6일) 청주(淸州) 목사가 가품을 보고하는 과정에서 나타나는데 이것은 『태조실록』 제14권에 기록되어 있다. 그리고 1441년 5월 28일(음력 세종 23년 4월 29일) 우량계를 발명했다는 기록이 『세종실록』 제92권에 남아 있다. 뒤이어 국가 규모 우량 관측망을 구성한 것은 1441년 9월 12일이고, 1442년 6월 24일 우량기의 이름을 '측우기'라고 정하고 깊이 1척 5촌(30cm), 내경 7촌(14cm)의 표준규격을 지정하여 전국 8도에서 측정하기 시작했다.[113] 물론, 다른 측정 요소 없이 강수만 측정한 비교적 전근대적인 기상 관측에 불과했다.

보다 신식 기상 관측은 대한제국 때부터 시작되었다. 1904년 대한제국 영토에 일본의 임시 기상 관측소들이 들어서기 시작했다. 러일전쟁 때문에 일본 해군의 기상 관측이 중요해졌기 때문이다. 일본은 1904년 3월 5일 일본중앙기상대 산하에 9개의 임시관측소를 개설하기로 했고, 3월 7일에 제1 임시관측소를 부산 서정삼정목 31번지에 있는 민가를 차입하여 관측소 사무를 개시하고, 3월 8일에 임시관측과장에 와다유지(和田雄治)가 임명되었다. 그리고 3월 25일에는 제2 임시관측소가 목포의 팔구포에 있는 옥도란 섬에서 사무를 개시했다. (논란이 있긴 하지만) 한국 기상학계와 과학사학계에서는 1904년 3월 25일을 한국 최초의 기상 관측 시작일로 본다. 한국의 기상 관측치는 일본관보에 매일 3회 자료가 실려서 소개되었는데, 1905년 3월 12일부터 부산, 목포, 인천, 진남포, 원산, 용암포 등 6곳의 자료가 나타나기 시작한다. 대한제국에서는 1908년 1월 1일부터 오전 6시의 기압, 풍향, 풍속, 최고 기온, 최저 기온, 우량, 천기 등이 매일 관보에 발표하기 시작했으며, 초기의 측후소는 인천, 경성, 목포, 부

---

113) 한상복, 「한반도 기상학사 개설」, 『대기』, 13, 2003 참고.

우리나라 최초의 일기도(1905년 11월 1일자 천기도)

산, 대구, 평양, 용암포, 원산, 성진 등 9곳이었다. 그리고 1921년 9월 1일부터 조선총독부 관측소에서 발행한 천기도가 판매되었다고 한다.[114]

그런데 2004년 말경 부산에 있는 국가기록원 부산기록정보센터에 1905년 11월 1일 천기도(天氣圖, 당시에는 일기도를 천기도로 불렀음)가 발견되었고, 이를 복원하여 한국 최초의 일기도는 1905년 11월 1일 천기도로 보고 있다. 등압선과 등온선을 분석한 천기도는 오전 6시, 오후 2시, 오후 10시 등 3번의 관측치가 한 장의 종이 위에 기록되어 있다. 변화도 역시 같은 시각의 기압 변화량을 분석하였다. 물론 11월 1일 이전에도 천기도와 변화도를 작성했을 것이나, 현존해 있는 것은 1905년 11월 1일 자다. 1905년. 그리고 이때부터 차츰 신문에 짧게나마 일기예보(천기예보)가 수록되기 시작했다.

대한매일신보 1907년 10월 4일 천기예보

4. 바다와 나비

다시, 김기림으로 돌아오면, 그는 일기예보처럼 시시각각 '태풍

---

114) 변희룡, 「한국에서 처음 작성된 일기도의 내용과 배경」, 『대기』 15, 2005 참고.

⒆전쟁)'의 경로를 예측하면서 피해를 각오하고 준비하고자 했다. 신문 기자이자 시인이자 지식인이었던 그가 가장 잘하는 일, 즉 시를 쓰는 일이었으니, 그는 시로 일기도를 그렸던 것이다. 김기림은 최남선의 「세계일주가」⒆처럼 세계의 역사와 지리를 '지적 대화를 위한 넓고 얕은 지식'으로 제시하기보다는, 곧 닥쳐올 재난을 경고하고자 했다. 각 챕터, 각 나라의 풍경들은 단순히 배경으로 소비된 것이 아니라, 문명의 폐해와 각종 전쟁 문제가 전거(典據)로 제시된 것이다.

아모도 그에게 水深을 일러 준 일이 없기에
힌 나비는 도모지 바다가 무섭지 않다.

靑무우밭인가 해서 나려 갔다가는
어린 날개가 물결에 저러서
公主처럼 지처서 도라온다.

三月달 바다가 꽃이 피지 않어서 서거푼
나비 허리에 새파란 초생달이 시리다.

—「바다와 나비」 전문

"아모도 그에게 수심(水深)을 일러 준 일"이 없다는 것은 슬픈 일. 김기림은 '힌 나비'에게 수심을 알려 주고 싶었나 보다. 그래서 '힌 나비'가 "물결에 저러서 공주(公主)처럼 지처서 도라오"지 않도록, "나비 허리에 새파란 초생달이 시리"지 않도록. 이상이 장정한 어떤 장식도 문자도 없는 암회색의 표지를 가진 『기상도』는 그래서 지금도 다시 읽을 만하다. 여전히 태풍은 계속 북상하고 있기 때문이다.

"얼굴이 검은 식민지의 청년" 오장환에게 항구는 "잠재울 수 없는 환락"과 "병든 관능"만 존재하는 공간이다. 그가 본격적인 창작 활동을 시작한 것은 대략 1936~1937년이었는데, 일본 유학 중에 '자오선' 동인으로 참가[1937]하고, 시집 『성벽』[1937]을 발간하였다. 따라서 그의 시에 나타난 항구는 일본 유학 중에 보거나, 일본을 건너갈 때 보았던 풍경일 가능성이 높다. 그에게 있어 항구라는 공간은 식민지 현실에 근거한 것이면서도 동시에, 자기 부정과 자기 침윤이 함께 나타나는 공간이었다.

오장환

향구

오장환, 자기비판과 비극적 현실에 대한 좌절을 보여주다

항구

오장환, 자기비판과 비극적 현실에 대한 좌절을 보여주다

1. 고독한 거리의 시인, 오장환

오장환(1918~1953?)은 1933년 16세의 나이에 『조선문학』에 「목욕간」을 발표하면서 화려한 등장을 알렸다. 그는 월북하기 전까지 4권의 시집과 번역 시집 1권을 남겼는데, 특히 첫 시집 『성벽(城壁)』(1937)에 대한 당대의 평가는 극찬에 가까웠다. "길거리에 버려진 조개껍질을 귀에 대고도 바다의 파도 소리를 듣는 아름다운 환상과 직관의 시인", "현대 지식인의 새 타입을 세웠다."[115]는 김기림의 평가와 함께 "보들레르와 베를렌느같이 고독한 심신으로 거리에서 다방에서 자나깨나 살아오던" 거리의 시인이자, "인생의 '페이소스'한 것을 느끼게 하는 놀라운 경지", "현대시에 있어서 새로운 감각의 신경지를 개척"[116]한 시인, "인간의 호흡이 끝나는 날까지 계속될 청춘의 감상에서 오는 광채와 매력"[117]을 지닌 시인으로 인정받으며 1930년대를

---

115) 김기림, 「『城壁』을 읽고」, 『조선일보』, 1937. 9. 18.
116) 이봉구, 「城壁 시절의 장환」, 『城壁』 재판본 후기, 1947.
117) 김광균, 「오장환 시집 「헌사」」, 『문장』, 1939. 9.

대표하는 시인 중 한 사람으로 자리 잡았다.

또한 그는 '낭만', '시인부락', '자오선' 등의 동인으로 활동하면서 1930년대 후반 문단의 흐름을 주도하였다. 해방 직후에는 좌익 계열의 '조선문학가동맹'에서 활동하였고, 월북 이후에도 『붉은 기』(1950)를 출간하는 등 일제 식민지와 해방, 그리고 남북 분단으로 전개되는 한국사의 격변기를 온몸으로 겪으며 시쓰기를 이어 갔다. 따라서 그의 작품을 살펴보는 일은 곧, 당대의 ^(궁핍한) 현실, 그리고 지금 우리의 현실을 함께 살펴보는 일이 될 것이다.

오장환

오장환은 첫 시집 『성벽』에서 식민지 현실을 비애와 퇴폐의 정조로 시화하였고 근대문명과 도시에 대한 '환멸'을 보여 주었다.

시집 『성벽』

물론 뒤이어 모더니즘 경향에서 점차 향토적 서정의 세계로 변모해 갔지만, 일본 유학 후에 한창 작품을 써 갔던 1930년대 후반만큼은 그 어떤 시인보다 '데카당^(décadent)'했다! 특히 그는 시집 『성벽』에서 '항구'와 '도시'에 몰두하여 근대성의 부정성을 돌올하게 드러냈다. 최남선의 「해에게서 소년에게」⁽¹⁹⁰⁸⁾에서 시작되어 임화의 「현해탄」⁽¹⁹³⁸⁾에 이르기까지, '바다'는 동경의 대상이자 극복의 대상^(현해탄 콤플렉스)이었지만, 오장환의 바다 이미지는 철저히 상실과 방황의 공간이면서 동시에 피폐한 식민지 현실을 노골적으로 드러내었다.

姓氏譜
—오래인 慣習, 그것은 傳統을 말함이다

내 姓은 吳氏. 어째서 吳哥인지 나는 모른다. 可及的으로 알리워주는 것
은 海州로 移숍온 一淸人이 祖上이라는 家系譜의 검은 먹글씨. 옛날은
大國崇拜를 유—심히는 하고 싶어서, 우리 할아버니는 진실 李哥엿는지
常놈이었는지 알 수도 없다. 똑똑한 사람들은 恒常 家系譜를 創作하였
고 賣買하였다. 나는 歷史를, 내 姓을 믿지 않아도 좋다. 海邊가으로 밀
려온 소라 속처럼 나도 껍데기가 무척은 무거웁고나. 수퉁하고나. 利己
的인, 너무나 利己的인 愛慾을 잊을랴면은 나는 姓氏譜가 必要치 않다.
姓氏譜와 같은 慣習이 必要치 않다.
— 「姓氏譜」 전문(조선일보, 1936. 10. 10)

전통을 강하게 부정하는 면모를 아주 적나라하게 드러낸 오장환
의 작품 「성씨보(姓氏譜)」에서 볼 수 있듯이, 그는 자신의 가계와 혈통
을 비판 혹은 조롱의 대상으로 삼으면서, 자기-부정과 역사-부정을
동시에 전개한다. 그에게 있어 전통은 극복해야 할 것 또는 단절해
야 할 것이며, 이는 곧 인륜과 도덕의 파탄까지 이른다. 시인은 이를
어떻게 감당해 낼까. 이때 드는 회의와 방황은 어떻게 시로 형상화
될까. 그가 본 현실, 그가 겪는 현실이 바로 그것이라면, 특히 그가
자주 시적 소재로 썼던 '항구'를 통해 오장환의 슬픔과 패배감을 엿
볼 수 있을 것이다.

2. 비애를 무역하는 항구

항구는 출발지이자 도착지, 국내(육지)와 해외(바다)가 만나는 통로

또는 접점이다. 삼국시대 때부터 한반도의 사람들은 더욱 발달한 문명과 지식을 습득하고 교역하기 위해 항구를 통해 새로운 세계, 해외로 향했다. 반대로 특히, 서구의 문물과 지식이 항구를 통해 유입되기도 했다. 망망대해(茫茫大海)로 향하는 항구는 새로운 세계로 열려 있는 공간이자, 낭만적이고 이국적인 공간이었다. 그러나 식민지 치하의 현실에서 항구는 일제의 조선 수탈의 현장이었으며, 조선 침략의 행로에 불과했다. 물론, 한국 근대문학의 출발점에서 '항구(港口)' 혹은 '포구(浦口)'는 서구문명의 유입과 이른바 '근대적인 것(모더니티)'의 탄생을 내포하는 주요한 상징이기도 했지만, 일제의 식민 지배 담론 또한 염두에 두어야 한다.

다시 말해, 항구는 식민지와 제국의 영향 관계가 매우 밀접하게 연관된 장소이자, 제국주의와 식민지 토착민이 가장 먼저 접촉하는 곳이다. 다양한 인구가 집결하여 외래문화와 토착문화가 혼재되어 있으며, 식민지와 제국, 전통과 근대 등의 구분이 불가능해지는 공간이기도 하다. 그런 의미에서 항구라는 공간은 식민지 조선에 대한 현실 인식과 그에 따른 절망과 비애, 제국 일본에 대한 동경이라는 양가의 감정이 그 어디보다도 가장 먼저 형상화된 곳이라 할 수 있다. 더욱이 조국의 상실 때문에 '국내'는 소거되고, '국외'에서 '국외'로 출발하고 도착하는 장소가 되어 버린 항구는 '무국적의 공간'[118]이 되었다. 이제 항구는, 조선땅은 유랑하는 선원들처럼 순간적인 쾌락에만 몰두하는 타락과 비애의 공간이 되어 버린 것이다.

오장환의 시세계에서 항구가 드러난 작품은 「해항도(海港圖)」(1936), 「어포(漁浦)」(1936), 「해수(海獸)」(1937), 「선부(船夫)의 노래 1」(1937),

---

118) 오세인, 「식민지 디아스포라와 유랑 의식」, 『어문논집』 45, 2010, 20쪽.

「선부의 노래 2」⁽¹⁹³⁷⁾, 「여정^(旅程)」⁽¹⁹⁴¹⁾ 등을 꼽을 수 있는데, 비애와 우울, 피로한 여정과 상실감으로 점철된 초기 시에서 항구는 전통적인 세계와 대비되면서 페이소스의 기원으로 설정[119]된다. 그러나 비슷한 시기에 발표된 김광균의 항구 시편은 오장환과 전혀 다르다.

바다 가까운 露臺 우에
아네모네의 고요한 꽃방울이바람에졸고
힌거품을 몰고 밀녀드는파도의발자최가
눈보라에 어러붙은 季節의창밧게
나즉이 조각난 노래를웅얼거린다.

天井에 걸린ㅅ 시계는새로두시
하-얀汽笛소리를 남기고
고독한 나의 午後의 凝視속에 잠기여가는
北洋航路의 긔ㅅ발이
지금 눈부신弧線을 긋고 먼海岸우에아물거린다

긴-배길에 한배가득이 薔薇를실고
黃昏에 돌아온 적은汽船이 부두에 닷을나리고
蒼白한感傷에 녹스른듯대우에
떠도는 갈맥이의 날개가그리는
한줄기 譜表는 정막하려니

바람이 울 적마다
어두운 카-텐을 새여오는 보이얀 해빛에 가슴이메여
여윈 두손을들어 창을나리면

119) 고봉준, 이선이, 「1930년대 후반 시의 도시표상 연구」, 『한국시학연구』 25, 2009, 113쪽.

하이—헌 追憶의 벽우엔 별빛이 하나
눈을감으면 내가슴엔 처량헌파도소래뿐
　　　　　　　— 김광균, 「午後의 構圖」 전문(시집 『와사등(瓦斯燈)』, 1939)

　김광균의 첫 시집 『와사등(瓦斯燈)』의 첫 작품인 「오후(午後)의 구도(構圖)」는 오후와 황혼을 거쳐 밤에 이르는 시간 흐름을 하나의 '구도' 속에 그려냈는데, '노대', '아네모네', '시계', '기적 소리', '기선', '보표', '카—텐' 등과 같이 모던한 소재와 그에 따른 모던하고 새로운 감각을 보여 주고 있다. 물론 결말 부분에서 "내가슴엔 처량헌파도소래뿐"에서 애수와 낭만으로 회귀하지만, 전반적으로 시의 분위기는 모던하고 밝은 편이다.

　페선처럼 기울어진 고물상옥(古物商屋)에서는 늙은 선원이 추억을 매매하였다. 우중중한 가로수와 목이 굵은 당견(唐犬)이 있는 충충한 해항의 거리는 지저분한 크레용의 그림처럼, 끝이 무디고, 시꺼먼 바다에는 여러 바다를 거쳐온 화물선이 정박하였다.

…(중략)…

　망명한 귀족에 어울려 풍성한 도박, 컴컴한 골목 뒤에선 눈자위가 시퍼런 청인(淸人)이 괴춤을 훔칫거리면 길 밖으로 달리어간다. 홍등녀의 교소(嬌笑), 간드러지기야. 생명수! 생명수! 과연 너는 아편을 가졌다. 항시의 청년들은 연기를 한숨처럼 품으며 억세인 손을 들어 타락을 스스로이 술처럼 마신다.
　　　　　　　— 오장환, 「해항도(海港圖)」 부분(『시인부락』, 1936. 11.)[120]

120) 김재용 엮음, 「오장환 전집」, 실천문학, 2002, 19쪽. (이하 오장환 시는 전집에서 인용)

항구야
계집아
너는 비애를 무역하도다.

모진 비바람이 바닷물에 설레이던 날
나는 화물선에 엎디어 구토를 했다.

…(중략)…

야윈 청년들은 담수어처럼
힘없이 힘없이 광란된 ZAZZ에 헤엄쳐 가고
빨간 손톱을 날카로이 숨겨두는 손,

2-3.1920년대 인천세관 보세창고 인근에서 곡물검사하는 풍경
코카인과 한숨을 즐기어 상습하는 썩은 살덩이

나는 보았다
항구,
항구,
들레이면서
수박씨를 까부수는 병든 계집을—
바나나를 잘라내는 유곽 계집을—

…(중략)…

음협(陰狹)한 씨내기, 사탄의 낙윤(落倫)
너의 더러운 껍데기는

일찍

바닷가에 소꿉 노는 어린애들도 주워가지는 아니하였다.

— 오장환, 「해수(海獸)」 부분(시집 『성벽』, 1937)

「해항도」에서 시적 주체는 "폐선처럼 기울어진", "우중충한 가로수", "충충한 해항의 거리"처럼 부정적이고 어두운 이미지로 항구의 거리(港市)를 묘사한다. "풍성한 도박"이 난무하고, 주체는 그 세계 속에서 "연기를 한숨처럼 품으며 억세인 손을 들어 타락을 스스로이 술처럼 마"시는 청년들의 모습을 본다. 더욱이 "홍등녀의 교소"에 "생명수"가 "아편"이 된다. 생명수라는 것이 치유와 생명력의 상징이라면, 이 상징도 곧 "홍등녀"에 의해 죽음을 의미하는 아편이 된다. 결국 표면적으로 볼 때, 홍등녀는 좌절과 타락을 은유한다고 볼 수 있다.

장시(長詩) 「해수」에서도 부정적 분위기는 계속 이어진다. 시적 주체는 '항구'를 '계집'이라고 호명하며, "비애를 무역"한다고 언술한다. 여기서 '해수(海獸)'가 정확하게 무엇을 의미하는지 다양한 해석이 가능하겠지만, "소꿉 노는 어린애들도 주워 가지는 아니하였다"는 진술을 통해 "더러운 껍데기"를 가진 바다 짐승을 주체 자신으로 보고 있다는 점은 확실해 보인다. '씨내기'를 씨를 받기 위한 수컷이라고 이해했을 때, "음협(陰狹)한 씨내기, 사탄의 낙윤(落倫)"은 더할 수 없는 자기 부정의 표현[121]이라고 할 수 있다. 시 표면에 자의식을 가진 시적 주체의 목소리가 직접 노출되고 있기 때문이다.

이처럼 경멸에 가깝도록 자신을 부정하는 방식은, 항구라는 표

---

121) 장만호, 「부정의 아이러니와 환멸의 낭만주의」, 『비평문학』 32, 2009, 292쪽.

상공간에서 드러난 현실인식이자, 외부세계에 대한 부정과 자신에 대한 부정 사이에서 발생하는 감정일 것이다.

3. 한국 근대사의 출발점, 항구

오장환에게 항구는 근대성에 대한 비판이자, 식민지 지식인으로서의 자기비판과 비극적 현실에 대한 좌절이 함께 드러난 공간이다. 그중 「해항도(海港圖)」와 「해수(海獸)」가 인천의 풍경과 높은 유사도를 보인다. 두 시에서 공통으로 등장하고 있는 것은 "五色, 七色" 깃발을 휘날리는 "領事館"이고, 「해항도」에서는 "租界의 各가지 基ㅅ발"로 표현하면서 이곳이 '조계지'에 위치한 영사관임을 구체적으로 제시하고 있다. 또한 "남의 나라 말에 能通하는 稅關의 젊은 관리", "稅關의 倉庫" 등의 표현을 통해서도 1883년 우리나라 최초로 관세업무를 담당했던 인천 해관이 설치되면서 활발한 국제무역을 보인 인천항의 모습을 유추할 수 있다. 그리고 작품에서 "外人의 묘지"는 시적 공간이 인천임을 확인할 수 있는 또 하나의 증거다. 인천 외국인 묘지는 1883년 창설되었으며, 양화진 외국인 묘지의 최초 매장보다 7년이나 앞선 것으로 한국 외국인 묘지의 원조라고 볼 수 있다. "바다가 보이는 저쪽 上頂엔 外人의 묘지"라는 표현이 인천의 것과 일치함을 확인할 수 있다.[122] 그렇다면 우리나라의 최초의 근대적 항구의 모습은 어떠했을까.

『삼국사기』, 『삼국유사』 등의 문헌에 따르면 4~5세기 신라와 가

---

122) 육송이, 「오장환 시에서 나타난 공간 인식의 변화 고찰」, 『우리문학연구』 64, 2019, 666~668쪽 참고.

개항 초기 인천항 / 1920년대 인천세관 보세창고 인근에서 곡물검사하는 풍경

야의 해상무역 발달 때문에 동래포구(부산), 염포포구(울산), 원산포구(원산만) 순으로 항구가 만들어졌고, 더욱 근대적인 항구는 15세기 이후로 보는 편이다. 고려 말 이후 조선 초기까지 왜구의 노략질이 심해지자, 태조와 태종은 회유책을 써서 왜인의 왕래를 허락하였으나 무질서하게 정박하는 왜인들을 통제할 필요가 있었다. 이에 태종은 1407년 동래의 부산포(富山浦)와 웅천(熊川)의 내이포(乃而浦)를, 1418년에는 울산의 염포(鹽浦)와 고성군의 가배량(加背梁)을 개항해 이곳에만 정박하게 하는 왜관(倭館)을 설치하였다 . 그러나 이후 왜관은 역사의 여러 상황에 따라 설치와 폐지를 반복하게 되었다. 그러다 1876년 조일수호조규 체결 이후 왜관이 소재했던 부산이 가장 먼저 개항하게 되었다. 차례로 원산, 인천 등이 개항되면서 개항장 내에는 여러 외국인이 거주하고 활동했으며, 나라별로 다른 양식의 건물이 지어졌다. 특히 개항은 '한국 근대사의 전개 방향을 결정하는 출발점'[123]이라 할 수 있는데, 개항 이후 서구 열강과 불평등조약이 체결되면서 세계 자본주의 체제에의 편입이 급속도로 진행된다. 특히 인천은 부산이나 원산보다 서울과 가까운 지리적 이점으로 외국 상사들의

---

123) 이윤상, 「한국근대사에서 개항의 역사적 위치」, 『역사와현실』 9, 1993, 156쪽.

1904년 제물포항. 오른쪽이 중국 조계지,
왼쪽이 일본 조계지

인천 청국 영사관

무역 경쟁이 치열하게 벌어졌다.[124]

여기에 일제의 식민 지배를 더욱더 공고히 하려는 움직임이 더해 진다. 이미 오래전부터 왜관이 존재하고 있던 부산에 더 많은 일본 인이 진출하면서 부산은 대도시로 급속히 성장하였다. 일제 '본토' 와의 접근성을 높이기 위해 일제는 1905년 1월에 경부선 철도를 완 공했고, 같은 해 9월부터 부산항과 시모노세키항을 오가는 그 유명 한 '관부연락선'이 취항하게 되었다. 1905년부터 1945년까지 관부연 락선 총 수송 인원은 약 3,000만 명이었다고 하니, 그 위세를 짐작할 수 있다. 이렇게 관부연락선과 경부선의 기점이 함께 존재하는 부산 은 세계로 향하는 통로이자 동아시아 교통의 중심지가 되었다. 그 러나 동시에 조선의 물적 자원과 인적자원 등 일제의 수탈물들이 일 제 본토로 빠져나가는 수탈의 경로이기도 했다.

124) 육송이, 앞의 글, 666쪽.

4. 항구와 떠도는 식민지 지식인

　근대 초기에 등 떠밀리다시피 개항하게 된 항구 인천과 부산. 당시 발표된 신소설 민준오의 「행락도」[1912], 박이양의 「명월정」[1912], 선우일의 「두견성」[1912] 등을 보면, 항구는 수적들이 재물을 약탈하거나 인명을 살상하였으며, 인신매매가 성행하던 공간이었다. 여성의 경우 유곽(遊廓)으로 팔려가거나 남성의 경우 강제 노역에 시달리다가 나라 밖에서 매매되는 일이 흔했으며, 유곽과 조선 내부의 부정부패한 관리들이 모정의 관계를 형성하면서 오명을 더하게 되었다. 식민 지배를 받고 있는 빈곤한 조선인의 삶은 말할 것도 없을 것이다.

1928년 녹정 유곽(지금의 완월동)

　조선인이 집중한 빈민지대에는 누추한 도로시설에 악취가 충천하는 비위생지대로 부산항을 전염병의 도시로 하는 직접 원인이 된다고 하야 …(중략)… 부산부의 노동자 생활은 극도로 공황상태에 빠저 잇어 크다란 사회문제로 되어 시급한 대책을 강구하지 아니하면 부빈생활에 크다란 위협이 된다.

　　　　　　　　　　　　　　　　　　—『동아일보』1936. 3. 25.

얼굴이 검은 식민지의 청년이 있어
여러 나라 수병이 오르내리는 저녁 부두에 피리 부으네
낼룽대는 독사의 가는 혓바닥을 달래보네

1920년대 관부연락선이 정박한 부산항 여객부두

1928년 부산 장수통 거리

병든 관능이여!

가러귀처럼 검은 피를 토하며

불길한 입가에 술을 적시고

아하 나는 어찌 세월의 항구 항구를 그대로 지내왔느뇨?

　　　　　　　—「선부(船夫)의 노래 2」 부분(『자오선』, 1937)

　"얼굴이 검은 식민지의 청년" 오장환에게 항구는 "잠재울 수 없는 환락"과 "병든 관능"만 존재하는 공간이다. 그가 본격적인 창작 활동을 시작한 것은 대략 1936~1937년이었는데, 일본 유학 중에 '자오선' 동인으로 참가(1937)하고, 시집 『성벽』(1937)을 발간하였다. 따라서 그의 시에 나타난 항구는 일본 유학 중에 보거나, 일본을 건너갈 때 보았던 풍경일 가능성이 높다. 그에게 있어 항구라는 공간은 식민지 현실에 근거한 것이면서도 동시에, 자기 부정과 자기 침윤이 함께 나타나는 공간이었다.

　결국, 일제의 식민 지배로 모국(母國)이 사라진 시인은 출발과 도착이 무한히 반복되는 항구를 영원히 떠돌 수밖에 없었을 것이다. 무국적의 공간, 범죄와 빈곤, 타락과 환락이 가득한 항구라는 곳에서 시인은 무엇을 쓸 수 있고, 무엇을 꿈꿀 수 있었을까. 풍광의 아름다움 이면에 아픈 역사를 안고 있는 항구. 현재, 우리 또한 무엇을 볼 수 있고, 무엇을 꿈꿀 수 있을까.

"얼굴이 검은 식민지의 청년" 오장환에게 항구는 "잠재울 수 없는 환락"과 "병든 관능"만 존재하는 공간이다. 그가 본격적인 창작 활동을 시작한 것은 대략 1936~1937년이었는데, 일본 유학 중에 '자오선' 동인으로 참가[1937]하고, 시집 『성벽』[1937]을 발간하였다. 따라서 그의 시에 나타난 항구는 일본 유학 중에 보거나, 일본을 건너갈 때 보았던 풍경일 가능성이 높다. 그에게 있어 항구라는 공간은 식민지 현실에 근거한 것이면서도 동시에, 자기 부정과 자기 침윤이 함께 나타나는 공간인 것이다.

시집 『병든 서울』

서울

오정환, 병든 세계에서 희망을 찾다

서울

오장환, 병든 세계에서 희망을 찾다

1. 검은 쇠사슬과 서울

첫 시집 「성벽(城壁)」(1937)으로부터 약 10년이 지난 세 번째 시집 「병(病)든 서울」(1946)에 이르면서 비애와 우울, 피로한 여정과 상실감으로 점철된 오장환의 시세계는 "비애를 무역"(「海獸」)하는 '항구'를 거쳐 "病든 서울, 아름다운, 그리고 미칠 것 같은 나의 서울"(「病든 서울」)로 이어진다. "오래인 休息에 인제는 이끼와 등넝쿨이 서로 엉키어 面刀않은 턱어리처럼 지저분"(「城壁」)했던 성벽이 가득했던 식민지 조선은 이제, "너이들은, 자랑스런 너이들 가슴으로/解放이 주는 노래 속에서/또 하나의 검은 쇠사슬이 움직이려 하는 것을……"(「8 · 15의 노래」) 보게 되었다. 일제의 식민 압제에서 벗어난 조선 땅은 비로소 희망과 기쁨으로 가득할 줄 알았으나, 여전히 현실은 암흑 속에서 궁핍했던 것이다. 여기서, 오장환이 보았던 '검은 쇠사슬'은 과연 무엇이었을까. "뵈지 않는 쇠사슬 절그럭어리며/막다른 노래를/노래 부르는 벗이어!"(「讚歌」)

오장환의 '검은 쇠사슬'은 다음의 두 가지 의미로 해석할 수 있을 것이다. 하나는 노동자 계급을 억압하는 '자본주의'("손과 발에…… 쇠사슬 느리고/억눌린 배ㅅ전에/스스로 노를 젓든/그 옛날, 흑인의 부르든 노래/어찌하여 우리는 이러한 노래를/다시금 부르는 것이냐"(「讚歌」)), 다른 하나는 병든 시인에게 다가오고 있는 사신(死神) '죽음'("詩밖에 모르는 病든 사내가/三冬치위에 헐벗고 떨면서/詩한수 二百圓,/그 때문에도 마구 써내는 이 詩를 읽어보느냐"(「强盜에게 주는 詩」))일 것이다. 강도 앞에서, 병들었지만, 시밖에 모른다고 말하는 시인 오장환. 그는 검은 쇠사슬에 묶인 자신과 서울을 번갈아 보며 거침없이 시를 써 내려간다.

> —이것아, 어서 돌아가자
> 병든것은 너뿐이 아니다. 온 서울이 병이 들었다.
> 생각만 하여도 무섭지않으냐
> 대궐 안의 윤비는 어디로 가시라고
> 글세 그게 가로채었다는구나.
>
> 시골에서 땅이나 파는 어머니
> 이제는 자식까지 의심스런 눈초리로 바라보신다.
> 아니올시다. 아니올시다.
> 나는 그런사람과는 아무런 관계도 없습니다.
> 내가 생각하는것은
> 이가슴에 넘치는 사랑이 이가슴에서 저가슴으로
> 이 가슴에 넘치는 바른 뜻이 이 가슴에서 저 가슴으로
> 모—든 이의 가슴에 부을길이 서툴러 사실은
> 그때문에 病이 들었습니다.
> —「어머니 서울에 오시다」 부분(「病든 서울」)

늙으신 어머니가 아들이 있는 서울에 찾아오셨다. 병든 아들이

시집 「병든 서울」

있는 서울 역시 병들었다. 서울이 병에 들어서 아들이 병든 것인지, 아들이 병에 들어 서울이 병든 것인지, 선후는 알 수 없다. 어머니는 '무서운 서울'에서 시골로 돌아갈 것을 아들에게 종용하고 계시지만, 어머니는 아들의 병든 진짜 이유를 모르신다. 아들의 '병'은 신체적인 것이 아니라 정신적인 것이었고, 넘치는 사랑과 바른 뜻을 모든 이에게 전달하지 못해 병이 들었다. 아픈 것은 아들 자신이 아니라 서울이었고, 아픈 원인은 아들 자신의 부족함 때문이었다. 병든 아들은, 병든 서울에서 무엇을 하고 싶었을까. 그리고 서울은 왜 병들게 되었을까.

2. 식민지 행정수도 경성

1876년 강화도조약 체결 후 외국인들이 서서히 조선 땅에 들어오기 시작했다. 일본인은 현재의 충무로 일대, 중국인은 현재 소공동과 북창동 일대, 서양인은 정동 일대에 모여 살았다. 이곳들은 땅값이 다른 곳보다 저렴했고 조선인들의 주요 활동지인 종로에서 어느 정도 떨어진 곳으로 외국인들이 정착하기 좋았다. 1885년 남산 일대에 일본 공사관이 설립되면서 본격적으로 일본인 거주구역이 확대되기 시작했다.

이 가운데 한국의 수도 서울은 조선왕조 오백 년 도읍지 '한성(漢城)'에서 식민지 행정수도 '경성(京城, けいじやう)'을 거쳐 지금의 '서울

(Seoul)'이 되었다. 조선총독부는 1912년 11월 총독부 고시 78호를 시작으로 1934년 7월 최초의 근대적 도시계획법이라 할 수 있는 '경성시가지계획령'에 이르기까지 다양한 경성개발 사업을 시작하면서, 오래된 도읍지 '한성'을 새로운 식민지 행정수도 '경성'으로 만들어 간다.

일제는 종로-황금정(현재의 을지로)-본정(현재의 충무로)을 연결하는 남북도로와 을지로 중심의 방사망 도로망 등을 건설하면서, 경성은 기존의 구도심과 새롭게 형성한 신도심이 혼재하게 되었다. 관공서, 백화점을 비롯한 서구의 새로운 문명과 그에 따른 새로운 문화가 흘러들어 왔지만, 여전히 한편에는 소를 몰고 가는 '농투성이'와 머리에 봇짐을 진 여인네가 지나간다.

자본이 모이는 곳에는 사람도 모일 수밖에 없으니, 식민지 지배가 본격화된 1920년대 이후 경성의 인구는 폭발적으로 늘었고, 일본인의 인구 역시 빠르게 증가했다. 일본인은 청계천의 남쪽인 '남촌' 지역에, 조선인은 청계천의 북쪽인 '북촌' 지역에 거주했다. 하지만 조선인과 동시에 일본인의 경성 유입이 빨라지면서, 분리되어 거주하던 두 계층은 같은 지역의 토지를 차지하기 위한 치열한 경쟁에 돌입하게 되었다. 종로의 김두한과 혼마찌(本町)의 하야시 간의 대결이 볼만했던 SBS 드라마 〈야인시대〉(2002~2003)가 바로 그 상황을 아주 잘 보여 준다.

경성의 상업화가 빨라짐에 따라 일제는 일본인 거주

드라마 〈야인시대〉의 김두한과 하야시

지인 남촌을 더욱더 발전시켜 갔다. 비가 올때마다 질척거렸던 남촌을 정비하여 근대식의 웅장한 건물들이 들어섰고, 일자리가 넘쳐났다. 조선인들조차 일자리를 찾아 남촌으로 흘러들어 갔고, 다양한 인구가 유입되면서 지역의 기반시설도 남촌을 중심으로 구축해 나갔다. 결국, 일제는 경성의 모든 곳을 정비하기보다는 선택적으로 '바로' 발전이 가능한 곳만 도시 기반 시설을 갖추기로 했다. 일본인이 주로 거주하고 있는 남촌 위주로 도시 정비 사업을 실시했고, 남촌과 북촌은 점점 격차가 벌어지게 되었다.[125]

더욱이 일제는 1926년 남산에 있던 총독부를 북촌의 경복궁 안으로 이전하기로 했고, 이에 따라 남촌의 여러 중요 시설들도 북촌으로 하나둘 옮겨가기 시작하면서 일본인의 영역은 점점 북촌까지 확대되었다. 일본인은 북촌의 종로까지 '접수'하면서 기존의 종로 건물을 2층으로 개조하거나 거리를 정비하면서 남촌에 뒤이어 북촌도 어느 정도 발전을 도모하기 시작했다.

당시의 도시계획을 좀 더 살펴보면, 일제는 경성을 동부(청량리, 왕십리, 한강리 부근), 한강 이남(영등포, 노량진), 서부(마포-용강, 연희-신촌, 은평) 등 세 지역으로 나누되, 구도심부는 그대로 두고 일본인 거주지역인 신편입구역만 집중적으로 개발하였다. 경부선, 경인선, 경원선 등 각 철도와 연계되는 지역은 '공업지역'으로 개발하고 나머지 지역을 '주거지역'으로 정하고, 주거지역 일부를 '고급 주거지역'으로 설정하였다. 이러한 경성시가지계획이 온전히 시행되는 1936년 4월 이후 경성은 시가지 면적이 이전보다 3배 이상 확대되어 '제국 일본 7대 도

<hr />

125) 이연경, 「한성부 일본인 거류지의 공간과 사회 : 1885년~1910년까지 도시환경변화의 성격과 의미」, 연세대학교 박사학위논문, 2013, 13~25쪽 참고.

시' 중 하나로 손꼽히게 되었다.

"내일의 경성이 완성되어 가는 형세는 어느 것이 힘의 성장이 아니며 어느 것이 영화의 서곡이 아닌 것이 없다."(『매일

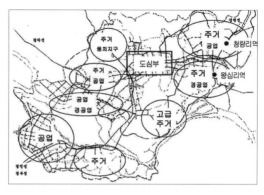

경성시가지계획의 지역 개발 구상

신보』, 1936. 4. 19.)는 말처럼 서울(경성)은 '메가시티'로서 끝없이 발전해 갔다. 그러나 일제의 식민지 수탈은 1937년 중일전쟁을 기점으로 극에 달하면서 화려한 외향과 뒤에는 피폐하고 비참한 조선인의 현실이 있었다. 휘황찬란한 아케이드 조명 아래 서구의 신식 상품과 '모던보이'와 '모던걸'이 북적이는 소비도시의 면모를 선보이던 경성. 그러나 경성의 뒷골목에는 빈민, 실업자, 매음, 마약 등의 궁핍한 민낯이 숨겨져 있었다. '개와 조선인은 출입금지'라는 말이 공공연하게 나붙었던 경성. 그래서 서울은 병들었던 것이다.

3. 병든 서울

八月 十五日밤에 나는 病院에서 울었다.
너의들은, 다 같은 기쁨에
내가 운줄 알지만, 그것은 새빨간 거짓말이다.
일본 天皇의 방송도,
기쁨에 넘치는 소문도,

내게는 고지가 들리지 않았다.
나는 그저 病든 蕩兒로
홀어머니 앞에서 죽는것이 부끄럽고 원통하였다.

그러나 하로아즘 자고깨니
이것은 너머나 가슴을 터치는 사실이었다.
기쁘다는 말,
에이 소용도 없는 말이다.
그저 울면서 두주먹을 부루쥐고
나는 病院을 뛰쳐 나갔다.
그리고, 어째서 날마다 뛰쳐나간것이냐.
큰 거리에는,
네거리에는, 누가 있느냐.
싱싱한 사람 굳건한 청년 씩씩한 웃음이 있는줄 알었다.

아, 저마다 손에 손에 기빨을 날리며
노래조차 없는 군중이 "萬世"로 노래 부르며
이것도 하로아즘의 가벼운 흥분이라면……
病든 서울아, 나는 보았다.
언제나 눈물 없이 지날수없는 너의 거리마다
오늘은 더욱 김승보다 더러운 심사에
눈깔에 불을 켜들고 날뛰는 장사치와
나다니는 사람에게
호기 있이 먼지를 씨워주는 무슨 本部, 무슨 本部,
무슨 당, 무슨 당의 自動車.

그렇다. 病든 서울아,

지난날에 네가, 이잡놈 저잡놈
모도다 술취한놈들과 밤늦도록 어깨동무를 하다 싶이
아 다정한 서울아
나도 미천을 털고보면 그런놈중의 하나이다.
나라없는 원통함에
에이, 나라없는 우리들 靑春의 反抗은 이러한 것이었다.
反抗이여! 反抗이여! 이 얼마나 눈물나게 신명나는 일이냐

…(중략)…

아름다운 서울, 사모치는, 그리고, 자랑스런 나의 서울아,
나라 없이 자라난 서른 해,
나는 고향까지 없었다.
그리고, 내가 길거리에서 자빠져죽는날,
"그곳은 넓은 하눌과 푸른 솔밭이나 잔듸 한뼘도 없는"
너의 가장 번화한 거리
종로의 뒷골목 썩은 냄새나는 선술집 문턱으로 알았다.

그러나 나는 이처럼 살았다.
그리고 나의 反抗은 잠시 끝났다.
아 그 동안 슬픔에 울기만하여 이냥 질척어리는 내눈
아 그 동안 독한 술과 끝없는비굴과 절망에 문드러진 내 쓸개
내 눈깔을 뽑아버리랴, 내 쓸개를 잡어떼어 길거리에 팽개치랴.
　　　　　　　　　　　— 「病든 서울」 부분(「상아탑」 1945. 10.)

　　「病든 서울」은 9연 72행의 장시(長詩)인데, 이 시는 1945년 『상아탑』 창간호에 발표되었다가 1946년 7월에 발간된 시집 『病든 서울』

「상아탑」에 수록된 병든 서울

의 표제작으로 수록되었다. 『상아탑』에 발표된 작품 말미에는 '1945. 9. 28'이라는 창작 시기가 적혀 있는데, 시집 「病든 서울」의 작품 목록에는 '45. 9. 27'로 표기되어 있다. 즉, 이 시는 8·15 해방 당시 오장환의 상황과 감정을 술회한 것으로 보이는데, "해방 직후의 현실과 이를 바라보는 창작 주체의 복잡한 심리를 가장 집약적으로 잘 표현한 작품 중 하나"[126] 로 꼽히며 '해방조선기념문학상' 최종 후보에 오를 만큼 높은 평가를 받았다.

작품을 자세히 살펴보면, 시인은 해방 당시 서울의 한 병원에 입원하고 있었다. 그저 '병든 탕아'로 홀어머니 앞에서 죽음을 앞두고 원통해할 뿐이었다. 그럼에도 일본 압제로부터 해방되었으니, 병든 자신과 다르게 서울 거리에는 "싱싱한 사람 굳건한 청년 씩씩한 웃음"이 있으며 밝고 희망찬 '새날'이 시작될 줄 알았다. 그러나 서울의 거리에는 "짐승보다 더러운 심사에/눈깔에 불을 켜들고 날뛰는 장사치"와 정치인이 활보하고 있다. 한때 서울과 자신은 "이 잡놈 저 잡놈/모두가 술 취한 놈들과 밤늦도록 어깨동무"했었다. 고향과 나라 없는 원통함과 설움 때문이었을 것이다. 그리고 이제 해방의 기쁨이 찾아왔지만, 그것은 겨우 '하루아침'의 짧은 기쁨이었고, 도

126) 도종환, 「도종환의 오장환 시 깊이 읽기」, 실천문학사, 2012, 267쪽.

시는 여전히 병들어 있다. "넓은 하늘과 푸른 솔밭이나 잔디 한 뼘 없는", "종로의 뒷골목 썩은 냄새나는 선술집"이 있는 서울.

시인은 "아름다운 서울, 사무치는, 그리고, 자랑스런 나의 서울"이라고 말한다. 병든 서울 때문에 시인 역시 병들었다. 서울에 대한 부정적인 인식으로 시인은 그동안 '독한 술과 끝없는 비굴', '절망에 문드러진 쓸개와 눈깔'을 갖게 되었지만, 그래도 서울은 "인민의 힘으로 되는 새나라"(6연), "큰물이 지나간 맑게 개인 하늘"(7연)이 되기를 희망한다.

일제의 오랜 침략과 수탈로 피폐해진 서울은 해방되어서도 '병원'에 입원한 환자와 같다. 병든 오장환처럼 말이다. 그러나 시인은 서울이 언젠가 곧, '아름다운 서울', '자랑스런 서울'이 될 것으로 믿으며, '젊은이의 그리는 씩씩한 꿈들이 흰 구름처럼 떠도는 것'(7연)을 고대한다. 시인은 "오래니 있었던 病室에서/나가는 사람들"은 "모두 다 씩씩한 얼골로 나간다"(〈入院室에서〉)고 말하며, 병든 자신과 마찬가지로 병든 서울 역시 씩씩한 얼굴로 완치되기를 바라고 기대한다.

4. 젊음이 외치는 노래

오장환에게 서울은 자기 자신과 다름없다. '죽음에 이르는 병'(키르케고르)이라 할 수 있는 '절망'에 시인도 서울도 벗어나지 못하고 병상에 누워 있다. 민족해방이라는 '새 세상'이 도래했음에도 불구하고, 식민지 시기와 크게 다를 바 없는 궁핍한 서울, 병든 서울. 일제의 가혹한 수탈은 그렇게 회복 불가능하게 서울을 망쳐 놓았다. 외양만 화려하고 비대해졌을 뿐, 비참한 삶은 21세기 지금도 이어지고 있다. 여전히 식민지 시대의 북촌과 남촌처럼 강북이 있고 강남이 있으며, 격차가 있고 계층이 있다.

…(상략)…

아, 우리의 젊은 가슴이 기다리고 벼르든 꿈들은 어듸로 갔느냐
굳건히 나가려든 새 고향은 어듸에 있느냐

이제는 병석에 누어서까지
견디지 못하야
술거리로 나아가
무지한 놈에게 뺨을 맞는다
나의 불러온
모-든 노래여!
새로운 우리들의 노래는 어듸에 있느냐

속속드리 오장까지 썩어 가는 주정뱅이야
너 조차 다 같은 울분에 몸부림 치는걸,
아, 우리는 알건만
그러면 젊음이 웨치는 노래야, 너또한 무엇을 주저하느냐
— 「어둔 밤의 노래」 부분

　　시인은 "우리의 젊은 가슴이 기다리고 벼르든 꿈"을 찾고자 한다. "굳건히 나가려는 새 고향은 어디에 있느냐", "새로운 우리들의 노래는 어디에 있느냐" 하며, 새로운 서울을 꿈꾼다. "속속들이 오장까지 썩어 가는 주정뱅이" 서울은 과연 새로운 서울이 될 수 있을

까. 오장환 시인은 그 가능성으로 "젊음이 외치는 노래" 즉, 새로운 공동체, 기존에 없었던 새로운 목소리의 출현을 기다린다. 특정한 개인, 특정한 계파도 아닌 젊음의 공동체. 바로 '우리'. "곳곳에서 우렁차게 들리는 소리/아, 이 노래는/한 사람의 노래가 아니다/성난 물결 모양 아우성치는 젊은 사람들"(「讚歌」). 우리는 '검은 쇠사슬'을 끊고 우렁차게 물결치며 나아갈 것이다.

해방 직후 서울 을지로 모습

서울의 현재

병든 서울은, 병든 세상은 곧, 나을 것이다.

시문학으로 읽는 식민지 시대

모던걸 모던보이의 경성 인문학

김남규 지음

초판 인쇄 2022년 04월 26일
초판 발행 2022년 05월 06일

지은이 김남규
펴낸이 신현운
펴낸곳 연인M&B
기 획 여인화
디자인 이희정
마케팅 박한동
홍 보 정연순
등 록 2000년 3월 7일 제2-3037호
주 소 05056 서울특별시 광진구 자양로 73(자양동 628-25) 동원빌딩 5층 601호
전 화 (02)455-3987 팩스(02)3437-5975
홈주소 www.yeoninmb.co.kr
이메일 yeonin7@hanmail.net

값 15,000원

ⓒ 김남규 2022 Printed in Korea

ISBN 978-89-6253-531-0 03810